Kuolettavia toivomuksia

Juha Rahkonen

Published by Juha Rahkonen, 2023.

This is a work of fiction. Similarities to real people, places, or events are entirely coincidental.

KUOLETTAVIA TOIVOMUKSIA

First edition. August 13, 2023.

Copyright © 2023 Juha Rahkonen.

ISBN: 979-8215678572

Written by Juha Rahkonen.

Kuolettavia toivomuksia

Sisällysluettelo:

Paikallislehden The Littlen pääuutinen 26.05.2020:

Nuori nainen on kadonnut, koko Shadow Town on osallistunut etsintöihin. Nainen on nimeltään Diana Rice, kolmekymmentäyksivuotias. Aviomiehen Rickin mukaan tapaus liittyy täällä tapahtuneisiin muihin katoamisiin, joita on tapahtunut vuodesta 1993 lähtien. Ei epäiltyjä, eikä ruumiita ei ole löytynyt. Tämä on Shadow Townin historian suurin mysteeri. Poliisi ei kommentoi tapausta. Tämä on julistettu ratkaisemattomaksi tapaukseksi. Näyttää uhkaavasti sille, että myös Diana Ricen katoaminen jää ratkaisematta. On liikkunut huhuja paikallisesta sarjamurhaajasta, mutta ei ole mitään todistusaineistoa, joka viittaisi suoraan murhiin.

Yksikään kadonneista ei ole koskaan palannut takaisin. Monta paikallista arveluttaa, onko täällä turvallista asua. Kukaan ei tohdi liikkua pimeällä ulkona, ja he pitävät ovea aina lukittuina. Katoamiset ovat jatkuneet tästä varovaisuudesta huolimatta. Joka vuosi on raportoitu kadonneen kaksi tai kolme henkilöä, joskus jopa neljä. Kadonneet ovat olleet miehiä, naisia tai jopa lapsia. Yksi omituinen seikka on se, että he kaikki ovat kadonneet kotona ollessaan, eivätkä ulkona. Tästä on kerrottu kaikkialla maailmassa, ei ainoastaan täällä, kadonneiden etsimiseen erikoistuneetkin henkilöt ovat pyörällä päästään. Menneillä vuosisadoilla on tapahtunut useita samankaltaisia katoamisia. Mistään uudesta ilmiöstä ei ole kysymys.

<u>Tässä paikallisten kootut kommentit:</u>

"Tämä on jotain ennenkuulumatonta. Porukkaa katoaa, eikä kukaan voi sitä estää."

"Poliisi ei osaa ratkaista tätä, en kylla minäkään. Minun veljeni on yksi kadonneista, sekä entinen vaimoni. Heitä ei ehkä koskaan löydetä elossa. Toivon apua heidän etsimiseensä."

KUOLETTAVIA TOIVOMUKSIA

"Olemme palkanneet kokeneen yksityisetsivän Lance Hamiltonin tutkimaan tätä ja toivomme saavamme pian tuloksia. Kun poliisi ei ole siinä onnistunut kolmenkymmenen vuoden aikana. Seriffin toimisto ei osaa hommaansa."

"Meillä on täällä Shadow Townissa oma Bermudan kolmio. Mutta eihän minua hullukaan usko."

"Minun lapseni ovat kadonneet, enkä voi tehdä mitään. Haluan vastauksia pian. Tekijä on saatava kiinni."

The Little 15.06.2020: Uusi katoaminen

Katoamisia tutkinut yksityisetsivä Lance Hamilton on kadonnut kotoaan viimeyönä mystisesti. Muita tietoja ei ole toistaiseksi saatavilla. Apulaisseriffi Oliver Richardson on ottanut jutun selvitettäväkseen.

The Little 13.01.2021: Potkut

Oliver Richardson on erotettu apulaisseriffin tehtävistä, eikä hänelle ole lupaa hakeutua seriffin virkaan. Syynä tähän on hänen pakkomieleensä Diane Ricen ja Lance Hamiltonin löytämisiin elävinä tai kuolleina. Katoamistapaukset ovat yhä selvittämättä.

JUHA RAHKONEN

Luku 1 – Kaksi vuotta myöhemmin

Oli tullut yksityisetsivä Oliver Richardsonin vuoro yrittää selvittää näitä katoamisia. Kukaan ei ollut löytänyt mitään todisteita hullujen teorioiden tueksi. Tyhjistä kodeista ei ollut löydetty muuta kuin punainen sohva. Ovet olivat olleet lukittuina, eikä murron jälkiä ollut ollut löydetty. Sadan vuoden aikana sohva oli usein vaihtanut omistajaa. Tämä oli hyvin hieno sohva, ja siksi se oli löytänyt uuden omistajan hyvin nopeasti. Se kiehtoi ihmisiä, miellytti silmää ja oli hyvin arvokas. Tuo kaunis ja kiehtova huonekalu, joka ei jostain syystä kulunut käytössä laisinkaan – ihan kuin se olisi pitänyt huolen itse itsestään.

Minä olin omistanut kolme vuotta elämästäni näille katoamisille täällä Shadow Townissa, enkä ollut päässyt tutkimuksissani mihinkään tuloksiin. Aloin jo antaa periksi. Siskoni Diana oli jo varmasti kuollut, vaikkei minulla ollut todisteita sen tueksi. Olin menettänyt tämän vuoksi virkani apulaisseriffinä, paikallisten kunnioituksen ja saanut hullun maineen. Minä tiesin, etten ollut hullu, enkä halunnut antaa periksi.

Olin ollut ennen apulaisseriffinä ja nykyisin toimin yksityisetsivänä. Olin aloittanut uuden virkani vuonna 2021. Minua vaivasi suuresti siskoni kohtalo, eikä kukaan ollut sitä saanut selvitettyä. Sekin olisi tehtävä ihan itse piru vie. En edes tiennyt, oliko hän kuollut vai tarkoituksella kadonnut elämästäni. Hän ei ikinä tekisi minulle sellaista temppua. Me olimme aina olleet todella läheisiä.

KUOLETTAVIA TOIVOMUKSIA

Kolmen vuoden omien tutkimusteni jälkeen olin alkanut uskoa, ettei katoamisten takana ollut ihminen, vaan sohva. Tässä kohtaa kukaan ei ollut enää suostunut kuuntelemaan selityksiäni yliluonnollista tapahtumista. Eivät edes ystäväni. Tämän takana ei voisi olla ihminen, kun otti huomioon, miten kauan näitä katoamisia oli sattunut. Ihmisten katoamisen kotoa lukittujen ovien takaa ei voinut olla mahdollista ilman taikuutta. Ainoa, mitä jokaisesta kodista oli löytynyt, oli ollut aina poikkeuksetta punainen sohva. Olin itsekin salaa käynyt rikospaikoilla, eikä tuota sohvaa enää ollut ollut siellä. Joku oli vienyt sen pois. Olin melko varma, että kyseessä oli aina se sama sohva. Olin alkanut epäillä erästä miestä sohvan viemisestä pois rikospaikalta. En ollut vielä kertonut siitä nykyiselle virkaa tekevälle seriffille, Duke Farrellille. Olisin aivan yksin, kukaan ei suostuisi auttamaan minua.

Se sama punainen sohva oli juuri nyt myytävänä läheisessä antiikkisten huonekalujen myymälässä, Andersonin Antiikkiset Huonekalut. Minä en ollut tohtinut käydä ostamassa sitä edes tutkimusmielessä. Minä pelkäsin jotain tapahtuvan.

Sata ihmistä oli jo hävinnyt kodeistaan kolmenkymmenen vuoden sisällä ja yli kolme katoamista oli tapahtunut tämän vuoden 2023 keväällä. Siskoni oli kadonnut vuoden 2020 toukokuussa. Jotkut muistivat siskoni siitä lehtijutusta, hänen nimensä oli Diana Rice. Oli ikävää kuulla sekin uutinen, että hänen aviomiehensä oli hirttänyt itsensä uskottuaan vaimonsa kuolleen. Hän ei ollut pystynyt jatkamaan elämäänsä yksin. Ymmärsin sen, siskoni oli mitä ihanin nainen, mitä kuvitella saattoi. Itsekin olin usein ajatellut itsemurhaa, mutta halusin elää selvittääkseni tämän jutun.

Ihme, ettei kukaan ollut pistänyt tätä sohvaa myyntikieltoon. Joku ostaisi sohvan pian, se oli varmaa ja sitten taas tapahtuisi jotain, panisin siitä pääni pantiksi. Ihan jokainen sohvan omistaja ei ollut suinkaan kadonnut, vaan välillä oli kai ollut vuosienkin pituisia taukoja.

Tällä kertaa aioin seurata läheltä ja todistaa sen, ettei kukaan ulkopuolinen henkilö kaapannut uhreja. Minun olisi saatava todistettua, että sohva oli jollain tavalla riivattu. Se ilmeisesti "söi" omistajansa, eikä mitään jäänyt jäljelle. En ollut sitä saanut todistaa omin silmin, en vielä. En tiennyt mitä oikeastaan tapahtuisi.

Tänään eräs pariskunta oli käynyt katsomassa tätä kyseistä sohvaa, jonka epäilin olevan tämä tappajasohva. Tarkkailin huonekaluliikettä kadulta käsin herättämättä tarpeetonta huomiota. He eivät vielä ostaneet sohvaa, mutta uskoin heidän tekevän sen pian. Menin sisälle myymälään, jota oltiin jo sulkemassa.

Tässä pohjoisamerikkalaisessa Shadow Townin pikkukaupungissa asui vain reilut kahdeksansataa ihmistä. Minä tunsin heistä monet hyvin, vaikkei minulla ollut täällä ketään sen läheisempää, kuin vain ne, joille sanoin hyvää päivää tai hyvää iltaa. Oli myös heitä, joiden kanssa menin silloin tällöin kaljalle. Nykyään minusta ei pidetty. Kaduilla vain kuiskivat: "Tuo hullu, mikä hän oikein luulee olevansa?" Sellaisesta maineesta haluaisin eroon, mutta ihmisillä oli hyvä muisti, varsinkin näin pienellä paikkakunnalla. Minä olin muka jollain ihmeen tapaa syypää siihen, ettei katoamistapaukset olleet selvinneet.

Tuota kyseistä pariskuntaa en tuntenut. Nainen oli sanoin kuvaamattoman kaunis näky.

"Anteeksi, minulla olisi yksi kysymys teille", sanoin myyjälle ovelta.

"No kerro nopeasti asiasi, olen juuri sulkemassa myymälää."

"Olen Oliver Richardson, yksityisetsivä."

”Aivan, se hullu, muistan ne jutut sinusta. Tutkitteko rikosta?”

”Tavallaan, mutta oikeastaan halusin puhua tuosta punaisesta sohvasta.”

”Ai tuosta, oletteko mahdollisesti ostoaikeissa?”

”En, mutta olen sitä harkinnut. Onko se myytävänä?”

”Valitettavasti äsken täällä käynyt pariskunta varasi sen itselleen ja he tulevat hakemaan sen huomenna, kun pääsevät muuttamaan uuteen kotiinsa. Lupasin pitää sen heille varattuna. Ettet haluaisi jotain muuta sohvaa? Tai jotain muuta huonekalua kenties?”

”Halusin juuri tuon sohvan, muista en ole kiinnostunut. Enkä tarvitse muita huonekaluja. Mutta kiitos.”

”Minun on pakko sulkea ovet, näkemiin.”

”Saatan piipahtaa myöhemmin uudelleen.”

”Tervetuloa uudelleen, maineestasi minä viis veisaan”, myyjä sanoi hymyillen.

Poistuin paikalta majapaikkaani, jossa asuisin, kunnes selvittäisin tämän mysteerin. Matkoilla oleva ystäväni Devin oli antanut talonsa käyttööni paluuseensa saakka. Olin asunut täällä Shadow Townissa ennen, mutta olin alun perin kotoisin Seattlesta, missä vanhempani asuivat ennen kuin muuttivat tänne vuonna 1989. He kuolivat vuonna 2021 auto-onnettomuudessa, jonka syy ei koskaan selvinnyt. Saatoin mielessäni kuvitella, kuinka joku vei mukanaan onnettomuuspaikalta punaisen sohvan.

Vanhempieni ruumiita ei koskaan löydetty. Pelkäsin tätä tutkiessani, että löytäisin heidän ruumiinsa, sekä siskoni. Motivaationi tutkia tätä oli hyvin selkeä. En luovuttaisi ennen kuin löytäisin heidät tai kuolisin. Viimepäivien tutkimukseni eivät olleet tuottaneet tulosta, kuten eivät oikeastaan koskaan muulloinkaan. Minusta tuntui, ettei Anderson halunnut kertoa sohvan historiasta mitään. Miksi sohvalla olisi niin pitkä historia, että joku kyselisi sen perään? Minun täytyisi tarkkailla tarkasti hänen liikkeitään, mistä sitä koskaan tietäisi. Jotenkin minusta tuntui, että jotain outoa myyjässä oli.

2. Sohvayllätys

Seuraavan aamun varhaisina tunteina menin kahville huonekaluliikettä vastapäätä sijaitsevaan kahvilaan. Näin pariskunnan saapuvan kadulle heti herra Andersonin avattua pääoven.

Kului kymmenen minuuttia, jonka jälkeen he kantoivat sohvaa ulos liikkeestä. Heillä oli lähistöllä pakettiauto, johon he sen kantoivat. Nousin pöydästä syötyäni tonnikalasämpylän ja menin lähemmäksi. Heillä oli vaikeuksia saada sitä kyytiin.

”Tarvitsetteko apua sen kanssa?”, kysyin heiltä.

”Emme”, nainen vastasi.

”Toivoisin teidän vielä vastaavan pariin kysymykseen”, päätin jatkaa.

”Oletkos joku kyttä vai?”, mies kysyi.

”Kyllä, olen yksityisetsivä Oliver Richardson.”

”Kuules, meillä ei ole rikosrekisteriä, etkä voi yhdistää meitä mihinkään laittomaan”, nainen sanoi.

”Takavarikoisin tuon teidän sohvanne. Ette saa pitää sitä. En salli sitä.”

”Mitä helvettiä te oikein höpisette, etsivä? Oletteko päästänne vialla?” mies kysyi ja lähestyi minua luultavasti lyödäkseen, jollen perääntyisi.

”En suinkaan, haluaisin vain pitää teidät hengissä. Tuo sohva ei saisi olla myytävänä, se on kirottu! Paljonko haluatte siitä?”

”Emme myy sitä sinulle, häivy!”, mies huusi. Seisoin yhä siinä katsellen heitä.

”Ala vittu jo vetää siitä!”, nainen lisäsi aggressiivisesti. Silloin vasta käännyin lähteäkseni.

"Hyvä on, mutta olen varoittanut teitä. Turhaan huudatte apua, kun sohva popsii teidät iltapalaksi, kun katsotte kauniita ja rohkeita." Mies löi minua nyrkillä naamaan, mutten vastannut väkivallalla. Hän istahti sohvalle ja nauroi.

"Ei tämä minua syö, idiootti, katso vaikka! Emmekä katso kauniita ja rohkeita. Lopetin sen seuraamisen, kun alkuperäisen Ridge Forresterin näyttelijä Ronn Moss lähti. Nykyään se on paskasarja", mies sanoi. Minua ei naurattanut. Poltin yhden savukkeen rauhoittuakseni hieman. Tehtiinkö sitä naurettavaa sarjaa muka yhä? Muistan kun teininä sitä katsoin. Tykkäsin myös siitä vanhasta Ridgestä.

"Mikä täällä on hätänä? Vaivaako tuo mies teitä?", Anderson kysyi myymälän ovelta.

"Tämä kusipää ei jätä meitä rauhaan!", nainen vastasi.

"Soitan seriffin toimistoon!", myyjä totesi.

"Älä jumalauta soita kyttiä, herra Anderson!", minä vuorostani huusin. Silloin nuoripari meni autoonsa ovet paukkuen, ja he lähtivät äkäisesti pois paikalta. Menin myyjän luokse ja tartuin häntä paidan kauluksesta.

"Helvetin murhaaja, miksi myit sen heille?"

"En minä mikään murhaaja ole, te olette hullu, päästäkää minusta irti!"

"Anna äkkiä heidän osoitteensa minulle, tämä ei voi odottaa! Vai haluatko heidän kuolevan?"

"En...en halua heidän kuolevan."

"Sitähän minäkin. Etkö kertonut heille tuon sohvan tarinaa?"

"Mitä helvetin tarinaa?"

"Kuinka se murhaa ihmisiä ja se myydään aina seuraavalle. Sata ihmistä on kadonnut ja pian on taas kaksi lisää. Kerro heidän osoitteensa edes, niin lupaan häipyä."

"Tässä on, ala jo vetää, sekopää!"

”Joo joo, sain mitä tarvitsinkin”, sanoin tutkaillessani pientä lappua. Nuoripari tuskin ilahtuisi vierailustani, mutta minun olisi pelastettava heidän henkensä keinoja kaihtamatta.

Sohva tappaa. Sohva popsii. Sohva on kirottu.

Mies rentoutui illan saavuttua uudella sohvallaan juoden kaljaa. Hänen vaimonsa oli parhaillaan kylpyammeessa ja oli luvannut sen jälkeen tulla katsomaan pahaista kauhuleffaa nimeltään Wishmaster miehensä kanssa. Vanha punainen sohva tuntui aivan liian miellyttävälle. Miehestä tuntui kuin hän upposi siihen kuin juoksuhiekkaan. Hän tajusi liian myöhään, mitä tapahtuisi. Hän yritti huutaa, mutta jokin veti häntä pää edellä sohvan sisään. Lopulta näkyivät vain sätkivät jalat, jotka nekin pian katosivat näkyvistä. Sohva söi ison miehen tuosta vain. Se hoiti taas homman siististi ja se odottaisi aina, kunnes joku istuisi sillä yksinään. Näin käydessä kukaan ei voisi sitä estää. Murhasiko tämä sohva vai mitä tapahtui? Kukaan ei ollut jäänyt tänne kertoakseen sen toimintatavoista. Kun sohvan sisällä ei ollut paljoa tilaa, niin minne ruumis voisi kadota? Vai sulaisiko ruumis olemattomiin?

Nainen tuli suihkusta pyyhe yllään iloinen ilme kasvoillaan, kunnes näki, että sohva oli tyhjä.

”Mark? Rakas, missä sinä olet?”, nainen kysyi kuuluvalla äänellä. Ei vastausta, kuului ainoastaan televisiosta elokuvan äänet. Televisiossa näkyi juuri Wishmaster-elokuvan kohtaus, jossa patsas putosi miehen päälle, paljastaen jalokiven, jossa djinni oli vankina. Hän sulki sen. Hänen miehensä oli kadonnut kuin savuna ilmaan. Pöydällä sohvan edessä lojui pari avaamatonta kaljatölkkiä. Hänen miehensä ei olisi lähtenyt minnekään juomatta niitä. Hän kyllä tunsi miehensä viiden vuoden avioliiton jälkeen, johon saattoi lisätä vielä kolmen vuoden seurustelun ennen sitä.

Hän kävi läpi jokaisen huoneen heidän kodistaan löytämättä miestään. Kaiken lisäksi ovet olivat olleet koko ajan lukossa. Hänen rakas miehensä ei ollut poistunut talosta, siitä hän oli varma.

Soitin pariskunnan ovikelloa ja hetken päästä ovi aukaistiin. Ketju esti sitä aukeamasta viittä senttiä enempää. Nainen oli ovella puolipukeissa, pelkissä vaaleanpunaisissa rintaliiveissään ja mustissa pikkupöksyissään.

"Ai sinä! Mitä oikein haluat?" nainen kysyi.

"Tiedän, ettette pidä minusta, mutta olen huolissani turvallisuudestanne. Saanko tulla hetkeksi sisään juttelemaan? Missä miehesi on?"

"Siinäpä se, minä etsin miestäni myös! En löydä häntä mistään! Odota hetki, laitan paidan päälleni, olet nähnyt jo aivan tarpeeksi" nainen sanoi ja huomasin hänen jo itkeneen. Punaiset hiukset roikkuivat vielä kampaamattomina ja märkinä naisen kasvoilla. Hän näytti varsin seksikkäältä. Puettuaan ylleen punaisen t-paidan hän avasi ketjun ja päästi minut sisään.

"Ehkä minä voin auttaa sinua."

"Hyvä on, vaikka oletkin kusipää. Ja lakkaa tuijottamasta tissejäni ja pikkuhousujani."

"Sori, enhän minä niitä katsele."

"Kyllä sinä kuule niitä tuijotat, minä kyllä tunnen miehet."

"No sitten tuijotan, mutta siirrytään muuhun aiheeseen. Missä näitte miehenne viimeksi?"

"Tuolla sohvalla hän istui vielä, kun menin kylpyyn ja tullessani hän oli poissa. Kaljat oli jäänyt juomatta. Ovi oli lukossa, kunnes sen avasin. Tämähän on aivan kuin ne katoamiset, joista on puhuttu jo vuosia. Voisiko tämä liittyä siihen?"

"Liittyy se. Mutta olen kovin pahoillani, miehesi on jo kuollut."

"Eikä!", nainen huusi ja meinasi istahtaa alas punaiselle sohvalle.

"Seis, älä vain istu siihen!", huusin ja otin häntä kädestä kiinni. Nainen rimpuili hermostuneena irti otteestani ja meni keittiöön. Huomasin hänellä keittiöveitsen kuin suoraan Halloween-elokuvasta poimitun.

"Sinä olet mennyt liian pitkälle, etsivä! Olet tehnyt jotain miehelleni, etkö olekin?" Nainen suuntasi veitsen kohti rintaani.

"Pane se veitsi pois, pyydän. Tuo sohva söi miehesi..."

"Hiljaa! Se on vain sohva, ei muuta! Olet ihan sekaisin koko mies!" Nainen istui sohvalle varoituksistani huolimatta, mutta mitään ei tapahtunut.

"Mietin vain, miksei sohva sitten popsi minua."

"Luulen, että se odottaa sopivaa hetkeä, kun olet yksinäsi. En minä ole varma tästä. Miehesi tajusi vaaran liian myöhään. En minäkään aluksi uskonut pelkän sohvan tekevän sellaista, minulla meni useampi vuosi sen uskomiseen. En ole karannut pöpilästä."

"Oletinkin, että sanoisitte noin."

"Se on vienyt minulta jo siskon, isän ja äidin, se vitun sohva."

"Mitä jos istuisitkin itse tälle sohvalle odottamaan, kun sillä tulee nälkä?", nainen kysyi.

"Minä en siihen tasan istu!", vastustin äänekkäästi.

"Kuole sitten, mokoma!", nainen huusi ja yritti pistää minua veitsellä. Nappasin sen häneltä.

"Rauhoitutaanpas. En ole vaarallinen mies, voit luottaa minuun."

"Kerro mitä teit miehelleni tai lupaan, että ensikerralla osun sydämeesi."

"Häntä ei enää ole. Pelastaisin hänet, jos suinkin voisin. Aion selvittää kyllä tämän perin pohjin."

"Jos oletamme, että sohva tekee niin kuin sanot...syö ihmisiä, silloinhan sitä ei myytäisi antiikkiliikkeessä, vai mitä? Jos se 'tappaa', luulisi, että se olisi jo tuhottu."

"Toivoisin kyllä, ettei tämä olisi totta. Jos et usko minua, voin hakea autostani keräämäni tutkimusaineiston..."

"Ei sinun tarvitse, uskon kertomuksesi tuosta sohvasta. Minulla ei ole muuta vaihtoehtoa."

"Olen ollut henkilökohtaisesti kiinnostunut tapauksesta jo vuosia ja olen halunnut sen ratkaista. Ja sohva on tässä edessäni, enkä voi tehdä sille mitään."

"Kannetaan se ulos ja poltetaan", nainen ehdotti. Teimme näin. Veimme sohvan vähän syrjemmäksi toiselle pihalle, jossa ei asunut ketään. Valelin sohvan bensiinillä ja heitin tulitikun sitä kohti. Tuli levisi nopeasti ympäriinsä. Poistuimme paikalta, kun sohva oli palanut.

"Hyvää työtä, etsivä. Sohva on tuhottu. Voitko jättää minut rauhaan? En mene kanssasi sänkyyn, jos sitä mietit." Hän huomasi katseeni, kun hetken mietin jo millainen tuo söpö neito olisi kanssani sängyssä. Kaikkea minäkin mietin, mutta olinhan mies.

"Toki jätän sinut yksin, vastahan menetit miehesi. En ole sinusta kiinnostunut, olet liian nuori makuuni. Tulkitsit katseeni väärin." Toisaalta nainen oli aika puoleensa vetävä, mutta poistuin paikalta ennen kuin lämpenin tämän enempää ajatukselle. Ikään kuin nainen olisi halunnutkin sitä, vaikka sanoi ei. Ainakin pelastin hänen henkensä, eikä sohva saisi häntä. Hän ei ollut enää vaarassa. Mutta jostain syystä häntä oli vaikea vastustaa. Hänessä oli jotain kiehtovaa.

"Jos saat selville mieheni kohtalon, saat poiketa myöhemmin."

"Okei. Olet kyllä aika nätti."

"Kiitos, vaikka ei ole aikaa kohteliaisuuksille."

"Tiedätkö kuka minä olen?", päätin kysyä.

"Joo, olet se Oliver, joka menetti työnsä apulaisseriffinä. Olet meidän oma julkkiksemme tavallaan. En heti tunnistanut sinua. Kuulemma sekosit ja melkein tapoit itsesi."

"Näin se kuule oli asian laita. Ajattele nyt, kuka minua uskoisi, kun väitän, että tässä on jotain yliluonnollista. Moni vain tuntuu vetoavan siihen, että ihmisiä on aina kadonnut mystisesti."

"No nyt emme taida koskaan saada tietää, mitä sohva teki heille. Pääasia on, että se on poltettu. En taida saada miestäni takaisin."

"En tiedä minne hän joutui. Tämän tutkimiseni taitavat nyt päättyä umpikujaan."

"Niin voi käydä. Hyvästi, äläkä tapa itseäsi."

"En tapa. Jatkan vielä jutun selvittelyä, vaikkei minulle enää edes haluta maksaa siitä."

"Minä voin maksaa."

"Älä. En minä sinun rahojasi tarvitse, Melinda."

Poistuin kolmeksi tunniksi sohvan luota. Palatessani takaisin, sohva ei ollut tuhoutunut. Ihan kuin se olisi korjannut itsensä Christine-kauhuelokuvan auton tavoin. Piilouduin äkkiä puun taakse nähdessäni jonkun lähestyvän sohvan polttopaikkaa pakettiautolla. Tunnistin mustan hahmon mieheksi, joka saapui sohvan luokse. Keskityin kuuntelemaan miehen puhetta.

"Dirswyyris, ei muuta kuin uusia uhreja vaanimaan. Saan myytyä tämän sohvan taas eteenpäin", mies sanoi sohvalle ja lähti raahaamaan sitä auton kyytiin. Välillä hän tarkkaili ympäristöä. Tunnistin miehen samaiseksi herra Andersoniksi huonekalupuodista. Arvasinhan, että hän oli tähän sotkeutunut.

Lähdin ajamaan hänen peräänsä. Aioin pysäyttää hänet, sohva ei saisi enää saada uusia uhreja, kun sohvaa ei voinut kerran tuhota polttamalla. Anderson mainitsi nimen Dirswyyris, joka ei ollut ihmisen nimi. Se kuulosti muinaiselta. Ihan kuin jonkun taruolennon nimi. Olin tullut siihen johtopäätökseen, ettei sohva syönytkään ihmisiä, vaan kyse oli jostain aivan muusta. Ehkä se oli eräänlainen portti toiseen ulottuvuuteen, luultavasti jonkinlaisen demonin valtakuntaan. Tämä oli vain puhdasta arvailua, vai oliko?

Seurasin Andersonin pakettiautoa tämän liikkeen takapihan läheisyyteen ja nousin autosta. Paljastin läsnäoloni hänelle ja löin häntä nyrkillä kasvoille.

”Saatanan paskiainen! Sohva tappoi miehen ja täällä sinä vain raahaat tappajasohvaa takaisin liikkeeseesi muina miehinä. Tappaa sinut saisi, mutta äläpä mene minnekään.” Mies yritti lyödä takaisin, mutta väistin sen ja potkaisin häntä nivusiin. Mies ähki kipunsa kanssa tovin.

”No saitte minut, etsivä ja voititte tämän erän. Mitä aiotte tehdä minulle?”

”Sen mikä on tarpeen. Saat luvan auttaa minua.”

”Vitut minä teitä auta!”

”Turpa kiinni tai tukin sen jollain!”

”Päästä minut, niin en ilmoita tästä poliisille.”

”En uskonutkaan, että ilmoittaisit, he pitäisivät sinua hulluna, niin kuin minuakin. Jätämme siis virkavallan tämän ulkopuolelle.”

”No, mitä aiot tehdä, etsivä?”

”Sano vain Oliver. No kannetaan sohva liikkeeseen, se oli kai tarkoituksesi.”

”Toki.” Kannoimme sohvan sisälle liikkeeseen ja pakotin Andersonin lukitsemaan ulko-ovet, että saisimme olla kaikessa rauhassa. Tarvittaessa kiduttaisin häntä päästäkseni eteenpäin paikoillaan junnaavissa tutkimuksissani. Mietin kovasti toisinko aiemmin kohtaamani naisen tänne, sillä hän varmasti haluaisi tietää totuuden miehensä kohtalosta. Andersonilla taisi olla paljonkin tekemistä näiden katoamisten kanssa.

”Sohva ei tapa”, Anderson sanoi vietyämme sohvan samalle paikalle, jossa se oli ollut ennen ostoa.

”Jos ei, niin silti olet syyllinen ihmisten katoamisiin. Kuin monelle olet sohvan myynyt? Parasta vain kertoa koko totuus.” Katseeni oli sellainen, että jos katse tapaisi, mies makaisi jo kuolleena maassa.

"En edes muista kuinka monelle. Ilman sitä olisin ajautunut konkurssiin. En voi luopua siitä. En välittänyt koskaan siitä, mitä se tekee ihmisille", Anderson sanoi epätoivoisella äänensävyllä ja vetäytyi pari askelta kauemmaksi minusta.

"Se tekee sinusta tarinan pahiksen, enkä voi päästää sinua enää silmistäni hetkeksikään."

"Siinäkös minua vahtaat, et saa minusta mitään irti."

"Sehän nähdään. Anna naisen numero."

"Tuossa kirjassa on kaikkien yhteystiedot. Ota se." Etsin numeron kirjasesta ja näppäilin sen oitis puhelimeeni. Melinda Smith. Miehen nimi oli Mark.

"Melinda Smith, haloo."

"Hei, minä täällä, Oliver."

"Mitä vittua sinä vielä haluat? Jollet sitten tiedä..."

"Olen saanut syyllisen kiinni, haluat ehkä tulla tänne..."

"Kuka se on?"

"Anderson huonekaluliikkeestä. Sohva on täällä, se ei ole tuhoutunut. Olen lähellä ratkaisua, eikä miehesi ole välttämättä kuollut. On tärkeää, että tulet pian paikalle."

"Minä tulen heti, Oliver. Odota vartti!" Lopetin puhelun ja huomasin liian myöhään, että myyjä oli jo kimpussani. En ollut sitonut häntä millään. Kamppailimme kiivaasti, kunnes sain hänet kumoon. Yritin saada miehen rauhoittumaan, mutta tämä löi minua jakoavaimella päähän. Näin kirjaimellisesti tähtiä. Toinen isku kaatoi minut ja kaikki pimeni.

"Pääsen eroon sinustakin, typerys. Et enää sotke minun bisneksiäni täällä. Tule ottamaan tämä uhri, jonka sinulle tarjoan, Dirswyyris!", Anderson sanoi sohvalle, jolle asetti tajuttoman Oliverin ja poistui hetkeksi.

Oli kulunut vartti, kun Melinda astui sisälle myymälän ovesta, joka ei ollut enää lukittuna. Hän käveli tutunnäköisen sohvan suuntaan.

"Pirun sohva", hän totesi sen nähdessään.

"Oliver?", hän kysyi pimeydeltä. Hän kuuli ovien lukkiutuvan ja vetäisi mukaan ottamansa käsiaseen esille. Anderson lähestyi naista aavemaisen hitaasti.

"Seis tai ammun, paskiainen!", Melinda huusi uhmakkaasti ja kohotti aseen piipun miestä kohti. Mies ei pysähtynyt, vaan otti vastaan luodin ja löi aseen pois naisen kädestä. Verta valui Andersonin vasemmasta olkapäästä, mutta tämä iski Melindaa voimakkaasti kasvoille.

"Turha yrittää, et pärjää minulle", mies totesi voitonriemuinen ilme kasvoillaan. Seuraava isku sai Melindan menettämään tasapainonsa, jolloin mies tarttui häneen. Pieni tönäisy riitti saamaan naisen sohvalle ja miestä nauratti. Hän poistui paikalta hetkeksi, jolloin sininen käsi tarttui naiseen ja vetäisi tämän sohvan sisään.

"Kas noin, kaikki on taas kunnossa", Anderson totesi naureskellen.

Sohva tappaa. Sohva popsii. Sohva on kirottu.

Luku 3 – Elävä painajainen

Avasin viimein silmäni, enkä tiennyt missä pirussa olen. Oliko tämä unta vai todellista? Tajusin, että olin sohvan sisällä, eikä täältä olisi paluuta. Lattia oli usvan peitossa ja huonemainen tila oli valaistu himmeillä punaisilla valoilla, jotka leijuivat kuin itsekseen ilmassa. Kattoa ei näkynyt missään, vain pelkkää mustuutta kaikkialla. Paikka oli karmaiseva kuin suoraan painajaisunesta. Näin melkeinpä mielessäni Alice Cooperin esittämässä kappalettaan Welcome To My

Nightmare. Yksi asia oli ainakin varmaa, en ollut kuollut. Sohva ei siis murhannutkaan ihmisiä, kuten ensin olin olettanut. Kuljin eteenpäin jonkin matkaa usvaista käytävää, jonka jälkeen saavuin edellistäkin suurempaan avoimeen salimaiseen tilaan.

Olin näkevinäni lukuisia punaisia sohvia, mutta ne katosivat lähestyessäni niitä. Usvassa olisi voinut lymyillä vaikka mitä. Olin nyt hyvin varovainen liikkeissäni.

Kuljin eteenpäin, mutta tunsin kulkuni hidastuvan tahtomattani, kunnes en voinut kävellä ollenkaan. Kuulin kaukaisen kirkaisun, mutta en tiennyt kuuluiko se vain pääni sisällä. Kaikki tässä paikassa näkemäni ja kuulemani voisi toki olla pelkkää illuusiota.

"Mikä ihmeen paikka tämä on? Onko täällä ketään? Huhuu!", huutelin, mutta yhtä hyvin olisin voinut olla hiljaa. Ei sillä ollut väliä, täällä asuva oli jo varmasti tietoinen minun läsnäolostani.

"Helvetti, täällä olen minä", kuului ääni, joka muistutti etäisesti death metal-bändin laulajan vastaavaa. Oikein matala ja möreä ääni.

Jokin mustaan kaapuun sonnustautunut hahmo käveli vähän matkan päässä, joten oletin äänen kuuluvan sille. Välillä hahmo kääntyi paljastaen punaisena hehkuvat silmänsä ja katosi näkyvistä. Se hiipi hurjan nopeasti kaikkialla ympärilläni, eikä silmäni tahtonut erottaa sitä selkeästi. Lopulta se tarttui minuun ja näin sen karmaisevat kasvot. Iho oli sininen väriltään. Näky oli kauhistuttava. Ote piti, enkä voinut päästä irtautumaan siitä. Se nauroi iljettävästi. Olin juuri tavannut pahatahtoisen djinnin kenties sen kasvoista ja sarvista päätellen. Se toi mieleeni intiaanien tarinat kammottavista wendigo-pedoista. Minä olisin voinut pelätä nyt kovasti, mutta en antanut sille liiaksi valtaa. Hirviö edessäni oli todellinen, eikä jokseenkin vilkkaan mielikuvitukseni tuotetta.

"Tervetuloa. Welcome to my nightmare, eikö? Edessäsi on valinta, joka määrittää paikkasi täällä. Moni on ollut pelokkaampi, mutta sinä..."

"En minä sinua pelkää, djinni. Kerro vain mitä haluat minun tekevän. Oletko Azazel?", sanoin ääni väristen. Olin kerran teininä lukenut djinneistä ja Azazelistä. Tiesin, että se oli yksi monista paholaisen nimistä. Pelkäsin, mutta en antanut pelon ottaa valtaa.

"En ole Hän, mutta olen Hänen alamaisensa Dirswyyris. Sinun pitää esittää toivomus, joka sinun tulee valita huolella. Voisin sen leikiten lukea ajatuksistasi, mutta se sinun tulee lausua ääneen. Jos selviät tästä ensimmäisestä toivomuksestasi, miten sen sanoisi...hengissä, niin saat vielä kaksi uutta toivomusta."

"Onko kukaan sitten selvinnyt toiseen toivomukseensa asti?"

"Ei tällä vuosituhannella, te nykyihmiset olette usein liian ahneita toivomustenne suhteen, vaikka niin on aina ollut. Sinulla ei ole paljon aikaa jäljellä. Jos joudun odottamaan toivomustasi liian kauan, saatan syödä sinut." Demoni avasi jo suutaan ja suu kasvoi isommaksi.

"Olen valmis tuota pikaa", sanoin huolestuneeseen sävyyn. En halunnut tulla syödyksi.

"No hyvä, luulin jo, että pääsen syömään sinut", Dirswyyris kuiskasi sulkien suunsa.

"Toivon saavani nähdä jokaisen kadonneen ihmisen kohtalot omin silmin", esitin ensimmäisen toivomukseni.

"Tämä toive on ymmärretty, mutta siitä ei ole sinulle hyötyä, jos ajattelit päästä täältä poiskin. Onko tämä varmasti toiveesi?"

"On."

"Hyvä on, toiveesi toteutuu", se sanoi naurahtaen pahansuovasti lopuksi."

Näin saman tien jokaisen kadonneen näkökulmasta eli heidän silmillään, mitä heille tapahtui. Näin aivan hirveitä tapahtumia. Näin, kuinka djinni teurasti heidät monin toinen toistaan hirveämmin tavoin ja vääristellen toiveita pahimpaan mahdolliseen lopputulokseen. Tajusin kauhukseni, ettei kukaan ei ollut selvinnyt hengissä täältä pois. Monet olivat peloissaan toivoneet hätiköiden ja sinetöineet kohtalonsa. Kuulin heidän jokaisen karmivat kuolin huudot ja heidän kauhunsa oli käsinkosketeltavaa. Painoin mieleeni heidän toiveensa, etten tekisi samaa virhettä. Näytti siltä, että olin selvinnyt ensimmäisestä toivomuksestani. Djinni yllättyi. Näin myös mitä tapahtui siskolleni ja vanhemmilleni, mutta en kauhultani voinut vielä mennä sen yksityiskohtiin.

"Hyvä, olet selvinnyt hengissä ensimmäisestä toivomuksestasi", Djinni sanoi yllättyneenä ja jatkoi: "Luulin, että sekoaisit näkemästäsi ja tappaisit itsesi. Tässä he ovat, katso." Näin kaikkialla ympärilläni kadonneiden ihmisten mädäntyneet ruumiit, joilta puuttui osia ruumiista ja jotkut olivat päättömiä. Ja siinä edessäni se nyt sitten oli! Nimittäin siskoni Dianan pää ilman ruumista suu vääristyneenä kauhun ilmeeseen. Minä en kestänyt tätä. En edes halunnut etsiä katseellani isäni Henryn ja äitini Matildan ruumiita. Siellä oli myös lasten ruumiita. Siinä Djinnin naureskellessa ilmestyi kuin tyhjästä monta punaista sohvaa. Pian en nähnyt muuta kuin punaisia sohvia, enkä voi enää edes hengittää.

Sohvat tappavat. Sohvat popsivat. Sohvat ovat kirottuja.

Sitten ne katoavat, mutta ruumiit eivät.

"Sairasta! Anna minun olla rauhassa, piru!"

"Vasta toiveidesi jälkeen, joita sinulle on varattu vielä kaksi. Vinkkinä voit toivoa olevasi kuollut tai, ettet koskaan syntynyt, jos haluat kaiken loppuvan."

"Ei kiitos."

"Ahaa, joku toinenkin on saapunut tänne, nuori nainen. Herra Anderson on tänään anteliaalla tuulella, kun yleensä tulee vain yksi uhri...siis toivoja, mutta tällä hetkellä on jopa tunkua. Minun mentävä hänen luokseen kuulemaan ensimmäinen toivomus ja luulen hänen pelästyvän. Hän sekoaa täysin.

"Älä koske häneen, perkele! Minä toivon sinun palauttavan hänet takaisin kotiin miehensä kanssa vahingoittumattomina!"

"Valitettavasti en voi toteuttaa toivettasi, Oliver. Voit toivoa vasta hänen jälkeensä."

"Paskapuhetta! Minun piti saada kolme toivomustani heti, et puhunut mitään siitä, että muut saavat toivoa välistä ennen omaa vuoroaan!" Olin hyvin vihainen, mutta hillitsen itseni. Raivoamisesta ei olisi täällä hyötyä.

"Mieti seuraava toivomuksesi valmiiksi, saatan olla palatessani nälkäisempi kuin nyt." Jään miettimään seuraavaa toivomusta. Ensimmäinen oli huono toivomus, sillä en koskaan unohtaisi noiden ihmisten kokemaa kauhua mielestäni. Ne vaivaisivat minua ikuisesti. Elämäni saattaisi olla pian kyllä muutenkin ohitse.

Luku 4 – Muita kohtaloita

"Älä syö minua! Älä! Minä teen mitä vain! Minä toivon, ettet syö minua!" Diana huusi kauhuissaan.

"En voi hyväksyä toivomustasi, Diana. Aikaraja on ylittynyt." Siinä minä nyt katsoin kuinka se popsi siskoani menemään, enkä voinut tehdä mitään. Minulla oli niin avuton olo. Siskoni loppu oli ollut mitä hirvittävin. Saatoin tuntea hänen tuskansa ja ajatuksensa lopun koittaessa. Yritin päästä yli järkytyksestä, mutta se tulisi vainoamaan minua ikuisesti. Kuinka voisin tuhota tämän pirulaisen? Söisikö se minutkin?

Seuraavaksi näin äitini ja isäni ajamassa pakettiautolla punainen sohva mukanaan. He ilmeisesti tiesivät kaiken siitä. He keskustelivat siitä, miten sohvan voisi tuhota tai pitää kaukana muista ihmisistä. He eivät olleet edes kertoneet minulle tästä mitään. Siskoni kadottua he olivat seonneet ja ryhtyneet toimiin itse, ettei Dirswyyris saisi lisää uhreja. Olisin ehkä voinut auttaa heitä. Pakettiautoa kohtasi onnettomuus ja he katosivat. Isä oli istunut sohvalle kuollut vaimo sylissään ja kadonnut. Näin isäni silmin, kuinka hän kantoi äitini elotonta ruumista täällä, missä olin nyt kohdannut Dirswyyrisin. Isäni itki ja yritti turhaan herättää äitiäni. "Hän on kuollut", ääni ilmoitti.

"Näyttäydy, mikä oletkin! Herätä vaimoni henkiin."

"Se on kyllä mahdollista, jos toivot sitä", Dirswyyris sanoi ilmestyttyään hänen eteensä.

"Kerro minulle yksi asia. Missä on minun tyttäreni Diana? Hän tuli tänne." Juuri tuota minäkin olisin kysynyt.

"Minä söin hänet. Hän viivytteli liian kauan toivomustensa kanssa. Älä sinäkään aikaile, saat kolme toivomusta. Ole varovainen, sillä yleensä toteuttamani toivomukset ovat kuolettavia. Saat viisi minuuttia."

"Miksi söit tyttäreni?"

"Ei ihmisten syöminen enää tuhansien vuosien jälkeen herätä minussa minkäänlaisia tuntemuksia. Olen pahoillani siitä, hän oli todella kaunis nainen. En voi laiminlyödä velvollisuuksiani. Jos joku ei toivo, minun on syötävä heidät. Nyt sinulla on kolme minuuttia." Isän taustalle ilmestyi jättimäinen ajastin, joka aloitti lähtölaskennan: 2 minuuttia 59 sekuntia, 58, 57, 56, 55.

"Etkö tajua miltä minusta nyt tuntuu?"

"Tajuan, mutta ei ole minun tehtäväni miettiä sitä. En voi olla armollinen." 1 minuutti ja 25 sekuntia, ilmoitti ajastin.

"Hyvä on, minä esitän toivomuksen."

"No hyvä päätös, aikaa on enää kaksikymmentä sekuntia."

"Toivon, että perut tyttäreni syömisen antaen hänelle rajattomasti aikaa toivoa."

"Hyväksyn sen." Diana ilmestyi elossa takaisin isäni eteen, mutta he eivät kuulleet toisiaan.

"Entä nyt?", kuulin isäni kysyvän.

"Diana ei voi puhua kanssasi. Sinun pitää esittää seuraava toivomus."

"Toivon, että myös vaimoni palaa kuolleista." Äitini ilmestyi elävänä isäni viereen, mutta hän oli zombi.

"Vaimoni on zombi!"

"Jos toivoo jonkun palaavan kuolleista, he ovat zombeja. Jos olisit ollut fiksu, Henry, olisit toivonut, ettei vaimosi kuollut auto-onnettomuudessa."

"Olisit varoittanut minua!"

"Mitä hauskaa siinä olisi sitten?", Dirswyyris kysyi naureskellen.

"En tiedä mitä nyt tekisin", isäni sanoi epätoivoisena.

"Esitä jo viimeinen toivomuksesi, minulla on jo kova nälkä. Ihmettelin, mikset ole toivonut itseäsi pois täältä. Omapa on vikasi."

"Toivon, että poikani Oliver löytää sinut." Isä tiesi, että minä jos joku voisin muka päihittää sen.

"Tuo oli typerä toivomus. Oliver on jo muutenkin löytämässä minut ja odotan sitä innolla. Nyt asia ainakin varmistui. Mutta sinä olet mennyttä miestä." Djinni päästi äitini syömään isäni ja lopuksi he räjähtivät verimössöksi. Siskoni Diana näki sen ja huusi. Pystyin jälleen seuraamaan tapahtumia siskoni silmin.

"Tiedän, että sinä katselet tätä, Oliver. Et voi tehdä muuta. Katso nyt vain, kuinka siskollesi käy, ota hyvä asento ja popcornit."

"Diana, isäsi perui sen, että söin sinut. Nyt ei tarvitse pelätä, että syön sinut. Toivomiselle ei ole aikarajaa. Koska söin sinut ennen kuin toivoit, saat nyt esittää ne perinteiset kolme toivomusta."

"Mutta minä olen huono toivomaan."

"Sinulla ei ole mitään kiirettä, mieti rauhassa. Poistun hetkeksi." Kului aikaa, vaikkei se minulle siltä tuntunut. Lopulta siskoni oli valmis toivomaan. Kunpa olisin voinut auttaa häntä päihittämään tuon ovelan hirviön. Valitettavasti hän oli yksin, vaikka minä olin täällä myös! En voinut auttaa häntä, koska oli vuosi 2020 ja minä tulin tänne vuodesta 2023, eihän siinä ollut mitään järkeä. Minun oli syytä muistaa, että olin kai eräänlaisessa ajattomassa tilassa, jossa saisin nähdä kaikkien uhrien kohtalot ilman, että aika kului.

"Sinun on pakko katsoa vielä kuudenkymmenenyhdeksän ihmisen kohtalot. Ja paina ne mieleesi, niistä voi olla sinulle hyötyä, Oliver."

"Toivon, ettei Oliver voi kadota." Siksi en siis kadonnut näiden kolmen vuoden aikana muiden tätä tutkineiden tavoin. Vasta nyt katosin.

"Toivo jotain itsellesi."

"Toivon, että pääsen painamaan pääni omalle lempityynylleni. Olen väsynyt tähän." Ei! Tajusin, että siskoni teki pahan virheen. Hänen ei olisi pitänyt toivoa pelkkää päätä kotiin! Kyllä, hänen päänsä meni hänen lempityynylleen ilman ruumista. Enää en nähnyt siskoni silmin, vaan jonkun muun, jota en tuntenut. Turruin pian katsomaan ihmisten tuskaa ja kauhua. Yritin sulkea silmäni, mutta en kyennyt siihen.

Näin Lance Hamiltonin kuoleman, mutta en enää halunnut katsella. Hän oli päätynyt lohikäärmeen syömäksi.

Luku 5 – Djinnin ensimmäinen tappio ja alkuvaiheet

Useita vuosisatoja sitten 1340-luvulla elänyt Adam Wicka-niminen tietäjä oli esittänyt toivomuksen, joka oli lukinnut Dirswyyrin ensimmäisen kerran ikuiseen vankilaansa, josta sen ei pitänyt pystyä koskaan poistumaan. Silti kuka tahansa päästessään sen luokse, voisi toivoa sen ihmisten maailmaan kylvämään tuhoa. Adamin toivomus oli hyvin monivaiheinen ja ovela. Useita satoja ihmisiä oli kuollut tuona vuonna tämän demonin toimesta. Hänen oli pitänyt valmistautua viimeiseen toivomukseensa useita kuukausia, ja lukittuna mielisairaalaan Wienissä, Itävallassa. Djinni oli saanut Adamin sinne, lavastettuaan hänet hulluksi. Hänen jatkuvat selityksensä jonkinlaisesta toivomusdemonista olivat saaneet kaikki muut pitämään häntä paholaisen riivaamana potilaana. Ihme, ettei häntä ollut jo poltettu roviolla. Suurin ongelma oli, ettei häntä ollut päästetty vapaaksi, vaikka höpinät demonista olivat äkisti loppuneetkin kuin seinään.

Eräänä päivä vuosia myöhemmin hänen onnistui paeta sieltä. Hän kirjoitti Englantiin muutettuaan 1350-luvulla kirjan tästä djinnistä ja tutustui muihinkin sen kaltaisiin olentoihin. Ne kiehtoivat häntä huolimatta hänen monista kauhunhetkistään Dirswyyrisin kanssa. Hän kertoi siinä, kuinka sen pystyisi pysäyttämään ja millaisia toivomuksia oli esittänyt. Siinä oli tarkat ohjeet demonin pysäyttämiseksi. Hän teetti kirjasta viisitoista kopiota, jotka mystisesti katosivat yksi toisensa jälkeen. Hän kuoli vuonna 1367.

Lopulta 1900-luvulla djinni Dirswyyris oli keksinyt keinon mahdolliseen paluuseensa.

KUOLETTAVIA TOIVOMUKSIA

Alun perin Dirswyyris oli aloittanut toivomusdemonin tehtävänsä jo neljätuhatta vuotta sitten Japanin Tokiossa, jolloin oli käyttänyt hyväkseen peiliä saadakseen toivojat luokseen. Nykyaikana sohva oli ollut paljon suurempi menestys kuin peili. Ihmiset eivät yleensä koskettaneet peiliä ollessaan sen edessä, kun taas sohvaan istuttiin, jolloin upposi siihen.

Peili vaihtui tuhat vuotta myöhemmin matoksi, mikä oli helpoin tapa saada toivojat Dirswyyrisin luokse. Matto kulkeutui lopulta Bangladeshin kansantasavallan pääkaupunkiin Dhakaan, josta päätyi Amerikkaan vuonna 1906.

Samaisena vuonna Dirswyyris omaksui jälleen uuden esineen käyttöönsä ihmisten kaappaamiseksi, eli sohvan.

Ensiksi Dirswyyris toteutti hyvätahtoisia toivomuksia, kunnes muuttui kuoleman djinniksi. Hän koki hyvätahtoisuuden tylsäksi. Hänestä oli paljon hauskempaa nähdä, kuinka ihmiset yrittivät välttää kuoleman toivoessaan, siinä onnistumatta. Vanhat kertomukset kauhistuttavasta Dirswyyrisistä oli jo ajan saatossa unohdettu. Ihmisiä oli kuollut paljon enemmän kuin tiedettiin.

Minä olen suurin kuoleman djinni ja kiusaan ikuisesti ihmiskuntaa toivomusten kautta, eikä kukaan voi minua koskaan pysäyttää. Olen kuolematon. Olen Jumalasi. Olen Saatanasi. Olen kuolemasi.

Luku 6 – Kuolettavia toivomuksia

Melinda oli saapunut tuohon samaiseen paikkaan kuin minä. Kaapuun pukeutunut olento lähestyi vuorostaan häntä. Nainen oli kauhuissaan, muttei juossut pakoon.

"Kas kas, seuraava saapui jo ennen kuin olin valmis edellisen kanssa. Joudun vuorottelemaan, se on niin paljon tavallista mielenkiintoisempaa."

"Missä mieheni ja se yksityisetsivä ovat?"

"Olen Djinni, en vastaile kysymyksiin, se ei ole olemassaoloni perusta. Täytän ainoastaan toiveita. Toivo pian, etten joudu syömään sinua. Kyllä, suuni voi kasvaa niin suureksi, että voin hotkaista sinut kokonaisena."

"Pitäisikö tuon pelottaa?" Olennon suu ja pää alkoivat kasvaa uhkaavasti ja pian olisi liian myöhäistä toivoa enää yhtään mitään.

"Äkkiä, Melinda, toivo!", huusin hänelle.

"Älä tule tänne, Oliver", olento sanoi.

"Oliver!", nainen huusi nimeäni. Hän ei toivonut vieläkään mitään. Djinnin kärsivällisyys alkoi olla loppumassa. Se tarttui häneen, mutta vieläkään hän ei toivonut.

"Se syö sinut, jumalauta nainen! Se syö sinut!"

"Niin teen."

"Toivon, että palautat mieheni luokseni ja, että pääsemme takaisin kotiin!", nainen lopulta esitti toivomuksensa.

"Siinä oli kaksi toivomusta samassa. Sinun on valittava, että pääsetkö kotiin yksin vai saatko miehesi luoksesi täällä. Kummin haluat?"

"Haluan kumpaakin."

"Tästä ei voi neuvotella, tee valintasi."

"Varo, se kusettaa!", huusin naiselle.

"Minä haluun mieheni takaisin tässä ja nyt!"

"Toiveesi toteutukoon. Katso, Oliver, kuinka nuori rakkaus kukoistaa." Melindan mies Mark nousi usvan seasta ja lähti laahustamaan naista kohti. Mies oli jotain muuta kuin ennen katoamistaan.

"Mark? Rakas?" Vastausta ei kuulunut, mutta mies tuli kohti.

"Älä mene sen lähelle! Miehesi on kuollut!", yritin huutaa nähtyäni miehen zombimaisen tavan laahustaa hitaasti eteenpäin.

"Turpa kiinni, Oliver!", oli Melindan vastaus varoitukseeni. Hän syöksyi halaamaan miestään, joka ei päästänyt irti.

"Ei, päästä irti, rakas! Ai, sattuu!" Ote vain kiristyi kiristymistään. Yritin mennä avuksi, mutta jalkani olivat liimaantuneet kiinni lattiaan.

"Pysy sinä siinä vain kiltisti", djinni sanoi minulle. Sitä ihmetellessäni zombi oli jo haukannut palan Melindan kaulasta. Ja se kaatoi hänet maahan ja söi lisää. Kaaputyyppi nauroi oikein ilkeästi.

"Siinä näet miten käy, jos palauttaa kuolleen miehen eloon, se on elävä kuollut."

"Sinä saatana, tuo ei ollut reilua peliä!"

Zombi meinasi syöksyä minunkin kimppuuni, mutta se pirstoutuikin tuhansiksi lasinsirpaleiksi ja samoin kävi kaikille muillekin ruumiille. Katsoessani uudelleen kaikki ruumiit olivat poissa, myös lasinsirpaleet.

"Aika siisti tapa siivota vai?"

"Tapa minut jo", sanoin turhautuneena tilanteeseeni.

"Ehei, saat toivoa toisen kerran. Melinda ei tajunnut jujuani, Oliver. Olet nähnyt mitä kadonneille tapahtui. Jos toivoisit heidän paluutaan, silloin hekin olisivat zombeja, vain heijastus entisestä. Mitä järkeä olisi toivoa heidän paluutaan, ethän edes tuntenut heitä?"

"En jaksa enää tätä, djinni. Tee tästä jo loppu!"

"Jos odotat, että söisin sinut, Oliver, se on turhaa. Pääsisit liian helpolla, jos söisin sinut, enkä saisi kokea sitä nautintoa, minkä saan toiveiden täyttämisestä. Mutta eiköhän nyt olisi sopiva aika toiselle toivomuksellesi. Olen pelkkänä korvana." Sen korva kasvoi minuakin suuremmaksi.

"Toivon, että sohva nappaa myös herra Andersonin tänne toivomaan kaksi toivomusta, ennen minun viimeistä toivomusvuoroani."

"Ei hassumpaa, viisaasti pelattu, Oliver. Olet taitava tässä, sääli, ettei sinulla ole enää kuin yksi toivomus jäljellä. Mutta kuten toivoit, Anderson saakoon kaksi toivomusta ennen sinun vuoroasi. Mietin vain miksi kaksi, eikä kolmea."

"Ei ole olemassaolosi perusta miettiä tuollaisia, toivomusmestari."

"Olet kyllä aivan oikeassa."

Mietin parhaani mukaan, miten saisin tämän pahan olennon terrorin loppumaan kokonaan. Sen tuhoaminen ilman asetta olisi fyysisesti mahdotonta, mutta jos se onnistuisi, silti jäisin tänne ikuisiksi ajoiksi. Hankin nyt toisella toivomuksellani lisäaikaa keksiä ratkaisu. Aikaa ei olisi silti loputtomiin. Enää en pelännyt, olin jo tottunut tähän paikkaan. Miksi Djinni oli suostunut paljastamaan minulle niin paljon muiden kadonneiden kohtaloista? Miksei se vääristänyt jo ensimmäistä toivomustani koitumaan kuolemakseni? Olin osa sen sairasta peliä, jota se oli saanut pelata vapaasti jo vuosisatojen ajan, miksei jopa tuhansia vuosia.

Niin myös herra Anderson joutui tähän samaan helvettiin, josta olisi vaikea päästä pois. Hän oli pyörällä päästään, eikä voinut tajuta, kuinka ihmeessä oli ajautunut sohvan sisään, kun ei ollut ollut lähelläkään sitä. Sohvan ei kuulunut edes ottaa häntä, olihan hän tuonut toivojia

Dirswyyrisille jo usean vuoden ajan ja oli tietääkseen pitänyt tämän varsin tyytyväisenä. Ja hänen takiaan siskoni ja vanhempani olivat kuolleet. Toivottavasti Anderson joutuisi kärsimään.

"Hei, mitä helvettiä minä täällä teen? Kuinka jouduin tänne, kun en ollut lähelläkään sohvaasi? Päästä minut heti pois! Kuuletko?", Anderson kyseli kävellen hermostuneena ympyrää. Hän oli tehnyt kaiken mitä pitää, miksi häntä nyt rankaistaisiin?

"Kuulossani ei ole mitään vikaa. Valitettavasti et voi päästä pois esittämättä toivomuksiasi."

"Mitä pirun toivomuksia?"

"Niitä, joita jokainen sinun ja edeltäjäsi tänne toimittamat ihmiset eli toivojat ovat joutuneet toivomaan. Muuten olisin syönyt heidät suihini. Olet täällä, koska ystäväsi Oliver toivoi sinut tänne, minä en olisi tuonut sinua tänne omasta halustani. Olet ollut uskollinen palvelijani monia vuosia, mutta nyt sillä ei ole enää merkitystä."

"Tämä ei ole reilua!"

"Mutta oikeudenmukaista", sanoin hänen selkänsä takaa. Hän kävi heti kimppuuni kuin hullu, enkä yhtään yllättynyt siitä.

"Tapan sinut, hemmetin kusipää! Kuole!" Hän tappaisi minut, jos saisi jotain kättä pidempää. Pystyin lyömään hänet maahan, mutta hän vain nousi nenä verta vuotaen uuteen hyökkäykseen. Silloin Djinni tuli väliimme.

"Teillä ei ole aikaa tällaiselle, muuten riistän teiltä toivomuksenne ja sielunne."

"Siitä vain, minä en välitä", Anderson sanoi.

"Toivo jo!", sanoin hänelle. Mielessäni kävi toki ajatus, että hän voisi toivoa kuolemaani.

"Okei. Toivon itseni helvettiin täältä."

"Ei onnistu, Anderson, toivomuksesi on mahdotonta toteuttaa. Sinä olet jo helvetissä. Olet käyttänyt ensimmäisen toivomuksesi ja selvisit hengissä toiseen."

"Ei! Haluan vaihtaa toivomustani!"

"Se ei ole mahdollista."

"Olisit sanonut missä olen, piru!"

"En ole piru. Helvettejä on monia, et ilmaissut sen tarkemmin mihin niistä haluat."

"Aivan sama se, mikä olet, palvelin sinua uskollisesti."

"Niin teit, mutta aikasi on pian lopuillaan, on viimeisen toivomuksesi vuoro ennen Oliverin kolmatta."

"Hetkinen, tämähän on vasta toinen toivomukseni!"

"Enempää sinulla ei ole, olisit valinnut ensimmäisen toiveesi paremmin."

"Miksi Oliver saa kolme ja minä vain kaksi toivomusta?"

"Koska minä toivoin, että saat vain kaksi, pässi", sanoin ja naurahdin.

"Nyt pitää toivoa, Anderson", Dirswyyris muistutti.

"Toivon pääseväni kotiin mukanani niin paljon rikkauksia, että niistä riittää ikuisesti iloa."

"Saamasi pitää." Anderson katosi olemattomiin.

"Päästitkö hänet oikeasti menemään?", kysyin Djinniltä.

"Hän sai mitä ansaitsi, hänestä ei ole enää sinulle harmia."

"Tapoit siis hänetkin?"

"Kyllä, katso itse", se sanoi ja näytti minulle kristallipallosta kuvajaista, joka kuvasi Andersonin olohuonetta. Siellä tuo mies kylpi onnessaan kultakolikoissa, mutta niiden määrä vain kasvoi kasvamistaan. Pian ilo muuttui kauhuksi huoneen täytyttyä kullalla. Kun kolikoita oli jo hänen suussaan, en viitsinyt enää katsoa.

"Tässä on malliesimerkki siitä, ettei osaa sanoa tarpeeksi yksityiskohtaisesti mitä toivoo ja se kostautuu."

"Olen kyllä huomannut, että toivominen täällä johtaa poikkeuksetta kuolemaan."

"Kyllä, jokainen on kuollut tänne, mutta he ovatkin olleet mielikuvituksetonta sakkia. Heillä ei ole mitään väliä, he ovat menneet pois."

”Miksi valitsit sohvan tähän käyttöön?”

”Se on nykyihmisen yleisin huonekalu, josta heidät on helppo napata. Muinaisina aikoina käytin mattoa, peiliä ja joskus kylpyammettakin. Sohva on tuonut eniten toivojia.

”Uhreja he ovat, eivätkä mitään toivojia. He eivät tulleet tänne omasta halustaan.”

”Tämä on tehtäväni, olen toivomusmestari Dirswyyris ja tämä on ollut aina kotini.”

”Etkö kaipaa muualle?”

”En ole koskaan kaivannut. Mutta on tullut aika viimeisen toivomuksesi.”

”En anna sinun odottaa enempää. Toivon, että annat minulle vielä kolme uutta toivomusta ilman aikarajaa.”

”Oikein hyvä, olin jo varma, että toivoisit itsesi pois täältä.” Tajusin viimein, miten tätä peliä pelataan. Olisin voinut toivoa aiemminkin, vaikka sata toivomusta lisää.

”En voisi vain unohtaa tätä kaikkea. Toivon, että myös sinä Dirswyyris joudut esittämään kolme toivomusta, jotka eivät vaikuta minun terveydentilaani.”

”Sopii minulle. Toivon, että pääsemme pois tästä paikasta molemmat.”

Yhtäkkiä huomasin päätyneeni takaisin Andersonin huonekaluliikkeeseen, mutta myös Dirswyyris oli siellä kanssani. Näin sohvan jälleen ja verta lattialla. Liukastuin verilammikkoon, jota en huomannut.

”On sinun vuorosi toivoa”, se sanoi. Herra Anderson oli tietenkin poissa, eikä liikettä ollut avattu. Melinda ja Mark Smith olivat myös poissa. Poliisi oli tullut tutkimaan paikkoja. Näin poliisiauton ikkunasta kadulla. Poliisikaksikko oli tulossa tänne päin. Aurinko oli jo noussut, mutta kadulla oli vielä hiljaista.

"Toivon, ettei kukaan näe sinua täällä. Ollaan hiljaa, poliisi on tulossa", sanoin. Olisin voinut toivoa poliisit muualle, mutta se olisi ollut huono toivomus.

"Heidän tulonsa ei ole ongelma, tulkoon vain. Muista, että seuraava toivomuksesi on viimeinen", kuulin vastauksen takaani ja kääntyessäni djinni oli poissa. Se ei luultavasti mennyt kovin kauas. En todellisuudessa voisi tietää tulisiko se edes takaisin nyt kun oli tyhmyyteni vuoksi vapaa sohvasta, eikä enää ollut kahlittuna sen rajoituksiin. Sohvalle oli istuttava, mutta nyt se voisi suoraan pakottaa kenet tahansa toivomaan, ilman siirtymistä toisaalle. Tietysti toisessa ulottuvuudessa sillä oli ollut kotikenttäetu puolellaan.

Idiootti, Dirswyyris on vapaa!

"Onko siellä ketään?", toinen poliiseista kysyi.

"Ihan sama, mennään sisään, mehän tässä olemme laki", kuului kärsimätön vastaus ja ovi potkaistiin auki. Poliisit näkivät minut ja veren lattialla.

"Seis tai ammumme! Kädet selän taa ja polvistu lattialle! Toimi heti!"

"Rauhoittukaas, herrat, ei tämä ole sitä miltä näyttää. Voin selittää kaiken." Toinen osoitti taskulampulla verisiä käsiäni pistooli toisessa kädessä ja toinen lähestyi minua käsirautojen kanssa.

"Toivon, että nämä poliisit päästävät minut menemään", sanoin ääneen, mutta Dirswyyris oli poissa, eikä toive voinut siksi käydä toteen. Kirottua!

"Kelle se puhuu? Mieshän on seinähullu murhamies", käsirautamies sanoi.

"Toivoi pääsevänsä vapaaksi", toinen totesi siihen.

"Olen yksityisetsivä Oliver Richardson..."

"Ihan sama, vaikka olisitte Yhdysvaltojen presidentti, olette pidätetty."

"Olemme tutkineet pariskunnan katoamista tällä alueella. Viimeyönä täältä kuului aseen laukaus ja täällä te olette. Taisitte vaipua tajuttomuuteen surmatöiden jälkeen, ettekä siksi päässeet pakenemaan paikalta. Myös liikkeen omistaja Steven Anderson on kadonnut. Todisteet ovat selkeät, teillä on verta käsissänne."

"Liukastuin verilammikkoon."

"Siinäkö todisteenne? Miten päädyitte tänne, jos teillä ei ole mitään tekemistä katoamisten kanssa? Täällä on tapahtunut ennenkin vastaavanlaisia katoamisia ja olette hyvin epäilyttävä. Ette ole paikallisia."

"Tiedän syyllisen, Djinni on katoamisten takana", sanoin heille, mutta heitä alkoi tietenkin naurattamaan koko juttu.

"Hah, ai Djinni, mikä se on?", toinen poliiseista kysyi.

"No se on sellainen demoni, niin kuin Wishmaster-kauhuleffassa, joka toteutti toiveita samalla tavoin kuin lampun henki. Se on äärimmäisen paha olento", toinen vastasi.

"Ei tämä ole mitään hemmetin elokuvaa!"

"Ole hiljaa, hullu sinä olet, Djinnit eivät ole todellisia. Mennäänpä autoon."

"Kuunnelkaa, minä näin kuinka he kaikki kuolivat, Mark, Melinda ja Steven. Tuo punainen sohva ahmaisi heidät sisäänsä ja minutkin. Kohtasin Djinnin ja esitin pakon edessä toivomuksia. Löydätte Andersonin ruumiin kotoaan, missä hän hukkui kultaan. Näin kaikki sata muutakin kadonnutta ja sen kaiken mitä heille tapahtui. Olen nähnyt jotain mistä te ette voi uneksiakaan. Ja sen sanon, ettette kyllä taatusti haluaisi nähdä sitä kaikkea. Löydätte tutkimusaineistoni autoni takakontista, se on tuo sininen tuolla kadulla."

"Okei, lähetämme tutkimustiimin paikalle pian. Mutta olemme kuulleet tarpeeksi."

"Aivan, olette keksineet suurimman osan omasta päästänne."

"Uskokaa jo, että löydätte Andersonin ruumiin hänen kotoaan. Käytäisiin katsomassa."

"Okei, ajamme sitä kautta, mutta muita palveluksia emme hyväksenne tee. Ruumiin löytyminen vain vahvistaa syyllisyytesi." Me menimme Andersonin talolle, josta poliisit löysivät hänen ruumiinsa odottaessani autossa. Dirswyyris ilmestyi istumaan vierelleni.

"No Oliver, miten olisi viimeisen toiveesi laita?"

"En toivo, koska et ole toivonut ensin."

"Olen jo toivonut, en vain tehnyt sitä sinun kuullesi. Huomaat kyllä aikanaan mitä oma toivomukseni oli. Ja siitä minä nautin. En voi tappaa sinua, mutta tästä tulet pitämään, heh. Toivo ennen poliisien tuloa."

"Toivon, että saan esittää taas uudet kolme toivomusta."

"Sopii, mutta tämä on viimeinen kerta. Nähdään." Toinen poliiseista tuli luokseni ja kun käännyn katsomaan viereeni, Djinni oli poissa. Kirottua. Vieläkään en toivonut sen tuhoa ja nämä olisivat viimeiset toivomukseni. Nähtävästi toivomuksissa oli rajoituksia, joista se ei selvästikään ollut vaivautunut kertomaan minulle.

"Ruumiista kyllä puhuitte totta, mutta talosta ei löytynyt yhtään kultaa, eikä todisteita niin eriskummallisesta tavasta hukkua. Sen sijaan Andersonia oli ammuttu ja te saatte yksityisetsivänä kantaa käsiasetta ihan luvan kanssa. Miten tuollainen mielipuoli on päässyt yksityisetsiväksi? Kiduttaessanne ammuitte häntä olkapäähän ja jätitte vuotamaan kuiviin. Lopulta viilsitte häneltä ranteet ja kurkun auki veitsellä, jotta hän lakkasi huutamasta. Sitä en ymmärrä, miten veri liikkeen lattialla todistaa murhan tapahtuneen siellä, eikä täällä. Kyseessä ei ole ainoa uhrinne."

"En ole edes ampunut kymmeneen vuoteen ja aseeni on auton hansikaslokerossa juuri nytkin. Lipaskin on tyhjillään. Toisekseen en käytä veistä muuhun kuin ruuan laittoon."

"Löysin tavallisen keittiöveitsen ja käsiaseen Smith & Wesson-mallia 3931 Ladysmith. Molemmat verisiä. Laitoin pussiin. Tekniikka saa hoitaa loput", toinen tuli kertomaan.

”Selvä peli, herra Oliver, lähdetäänpä etsimään teille oikein viihtyisä pikkuselli.”

”Tässä 569907, lähettäkää tekniikka tähän osoitteeseen ja huonekaluliikkeeseen, jonka omistaa Steven Anderson. Me menemme poliisilaitokselle epäillyn kanssa. 569907 kuittaa.”

”Selvä, auto numero 569907.” Lähdimme liikkeelle. Jokin tässä kuvassa mätti, mutta kohtapa se minulle selviäisi.

Useita tunteja myöhemmin asemalla minua kuulusteli poliisien avuksi tullut ruotsissa syntynyt rikostutkija Manny Mikaelsson.

”Päivää, herra Richardson, minä olen Manny Mikaelsson, rikostutkija. Olette kertoneet poliiseille olevanne syytön, mutta on ilmennyt jotain uutta.”

”Mitä?”, kysyin.

”Olemme löytäneet muitakin ruumiita kuin Steven Andersonin. Yksi on käsiaseen Smith & Wesson 3931 Ladysmithin omistaja Melinda Smith ja hänen miehensä Mark.”

”Mahdotonta, minä en murhannut ketään. Katsoin vierestä, kun hänen kuollut miehensä palasi zombina ja söi häntä Djinnestanissa, tai miksi sohvan sisässä ollutta paikkaa nyt kutsuisi. Tämä on totuus, herra Mikaelsson.”

”Tajuatteko ollenkaan miltä tuo kuulostaa?”

”Hullulta, kyllä, mutta en keksi näitä huvikseni. Lukekaa vaikka keräämäni todisteaineisto läpi, jos ette usko.”

”Mitään todisteaineistoa ei löytynyt sanojenne tueksi. Koska teillä ei ole mitään todisteita, emme voi muuta kuin tuomita teidät brutaaleista murhista elinkautiseen. Minä kyllä suosittelisin teille suljettua osastoa, jossa voitte koittaa parantua demoniharhoistanne. Terve ihminen ei kuvittele tuollaisia. Lisäksi olemme löytäneet lisää ruumiita. Tämä näyttää todella pahalta teidän kannaltanne, Oliver.”

”Mitä hemmettiä yrität kertoa?”

"Olette murhanneet lapsia ja olette se etsimämme sarjamurhaaja, joka on katoamisten takana. Murhasit myös oman siskosi ja vanhempasi, vaikkei meillä ole vielä todisteet kasassa. Jostain syystä olette halunnut jäädä kiinni, vaikka olette onnistuneet peittämään jälkenne tähän asti. Olette ollut ovelin sarjamurhaaja koko maan historiassa. Olen varma, että ruumiita löytyy vielä paljon lisää."

"Ei! Minä en ikinä voisi satuttaa lapsia. Jos tekisin sellaista..."

"Mutta kun te sen teitte, meillä ei ole muitakaan epäiltyjä."

"Minä en ole murhaajanne. Se ei ole edes ihminen, vaan itse piru. Se on keksinyt uudenlaisen tavan lavastaa minut syylliseksi."

"Jos oletetaan näin, miksemme näe sitä?"

"Koska toivoin paniikissa sen muille näkymättömäksi. Djinni Dirswyyris on todellinen ja on vapautunut tähän maailmaan. Sohva oli sen pieni vankila, jota se hallitsi. Minä olen päästänyt pahuuden valloilleen, ihmisiä tulee kuolemaan lisää, jollemme keksi keinoa pysäyttää sitä."

"Luulenpa, että olemme jo pysäyttäneet tämän pahuuden, sinut. Mitään olentoa ei ole olemassakaan." Dirswyyris seisoi kuulustelupöydän oikealla laidalla ja hymyili.

"Nyt näet mitä olen toivonut, Oliver."

"Painu muualle siitä hymyilemästä, Dirswyyris! Katsokaa, se on tässä näin! Ettekö näe demonia keskuudessanne? Paholainen on täällä!" Se katosi jälleen.

"Kyllä minä näen perkeleen edessäni ja se olette te, Oliver Richardson. Tämä oli sitten tässä, tapaus on loppuun käsitelty. Olette virallisesti mielipuoli."

"Minä olen syytön!", sanoin, mutta voi kuinka turhaa se olikaan. Ulkona oli jo pimeää.

"Niin just, olen kuullut tarpeekseni. Hyvästi", Manny Mikaelsson totesi ja häipyi.

"Mitä teemme hänelle, Manny?", kysyi apulaisseriffi Xander Dunn.

”Heittäkää pariksi yöksi putkaan ja sitten pöpilään. Voimme vihdoin heittää hyvästit tälle mysteerikeissille. Mielenkiintoinen silti tämä djinni-tarina. Minä menen kotiin.”

”Okei, Manny, homma selvä.”

”Vielä te näette totuuden!”, huusin, mutta olin yksin sellissä.

”Onko mukava olo?”, Dirswyyris kysyi.

”Häivy siitä, kostan tämän vielä!”

”Voisin syödä sinut, mutta silloin en saisi nauttia hyvästä show’sta.” Taas huomasin olevani yksin pimeässä sellissä.

Luku 7 – Valkoinen huone

Dirswyyris ilmestyi valkoisen sänkyni viereen ja hymyili.

"Olen nyt maailman kuningas, olen alistanut kaikki alaisuuteeni. Olen voittanut, enää ei ole toivomusmahdollisuutta sinulle tarjolla. Nyt sinä kuolet, olen niin odottanut tätä hetkeä." Se tappoi minut, enkä enää kyennyt näkemään mitään.

Sitten heräsin hikisenä valkoisesta kopistani helvetissä, jonne poliisit minut passittivat. En tiedä kauanko aikaa oli kulunut, mutta veikkaisin useaa kuukautta.

Dirswyyris oli käynyt kertomassa minulle toisesta toivomuksestaan, jolla sai minut tänne. Se oli toivonut silloin poissa ollessaan minut murhaajaksi, ja todisteet olivat kääntyneet minua vastaan sen myötä, vaikka totuus oli aivan muuta. Sillä ei ollut mitään helvetin väliä enää, elämäni oli enää etäinen illuusio, jota pitivät yllä voimakkaat lääkkeet. Ylläni oli pakkopaita. Se piru oli tehnyt minusta tarinan pahiksen ja oli tekemässä minusta oikeasti mielisairasta. En ollut kuullut sen viimeistä omaa toivomusta, mutta tuskin se sitä minulle kertoisi. Se voisi olla nytkin missä vain ja toteuttamassa ties mitä toiveita.

Valkoisen huoneeni valkoinen ovi aukesi jokapäiväiseen tapaansa ja sisään astui kaksi hoitajaa, kolmas jäi vartioimaan oviaukolle. Pako olisi varsin mukava aatos, mutta en minä Djinniltä karkuun pääsisi. Pako olisi turhaa, mutta parempaa kuin tämä helvetti. En tiennyt, kauanko tätä touhua enää kestäisin.

"Mitäs tänne kuuluu, Oliver? Viihdytkö täällä hyvin? Näen, että kärsit. Olen odottanut jo kuukausia seuraavaa toivomustasi", Dirswyyris sanoi saavuttuaan taas luokseni. Kukaan ei tietenkään nähnyt sitä valvontakameroista, kun kerran menin toivomaan, ettei kukaan näkisi sitä. Se voisi syödä minut, mutta se ei tehnyt mitään muuta, kuin kiusasi minua.

"Minä en toivo, häivy! Olen kyllästynyt tähän…ala vetää siitä! Mene kiusaamaan jotakuta toista…mene pois!"

"Itseasiassa eräs toinen odottaa minua tietämättään. Tulen taas joskus käymään. Lopulta toivot päästäksesi ulos, olen siitä aivan varma, heh."

"Painu jo!", huusin, mutta se oli jo poissa.

Mietin päivittäin mitä tapahtuisi, jos toivoisin Dirswyyrisin taas muillekin näkyväksi. Kukahan oli tuo toinen, jonka luokse se meni? Toivottavasti ei ainakaan joku sekopää, joka saattaisi toivoa tarkoituksella pahaa. Se selviäisi minulle myöhemmin, jos vain saisin säilytettyä edes rippeet järjestäni, jota olin jo alkanut hyvää vauhtia menettää täällä. Olin huolissani mielenterveydestäni. Kunpa joku uskoisi minua, kun sanoin, etten ollut koskaan ollut mieleltäni sairas, en ikinä!

Oliverin ystävä Devin King oli palannut eilen kotiin pitkältä lomareissultaan. Hän ihmetteli mitä Oliverille oli tapahtunut. Kaupungilla puhuttiin, että hän olisi murhaaja. He olivat tunteneet toisensa viisitoista vuotta, eikä tällaista voinut tapahtua.

"Ei se voi olla millään totta! Oliver murhaaja, ei ikinä!", hän sanoi matkapuhelimeensa kuuluvalla äänellä. Langan päässä oli apulaisseriffi Dunn.

"Hänen syyllisyyttään ei voi kiistää, kaikki todisteet puhuvat puolestaan."

"Hän tutki outoja katoamistapauksia, murhaaja ei tee sellaista."

"Olemme kyllä tietoisia siitä, mitä hän tutki. Joudun lopettamaan puhelun, meillä on muita kiireitä, herra King. Tervetuloa takaisin lomalta muuten."

"Kiitos, apulaisseriffi Xander Dunn, mutta odotas hetki vielä! Mistä löydän Oliverin?"

"Hän on suljetulla pöpilässä, sinne ei oteta vieraita."

"Kiitos ja näkemiin." Hän sulki puhelimensa ja vaipui syvälle ajatuksiinsa.

Hän hyppäsi tuntia myöhemmin autoonsa ja lähti ajamaan kohti pöpilää, joka tunnettiin nimellä Baxterin parantola. Paikka oli hieman syrjäisemmällä seudulla, ja sinne johti vain yksi tie. Hän keskittyi kaikessa rauhassa ajamiseen, kunnes joku ilmestyi yhtäkkiä pelkääjän paikalle hänen viereensä.

"Terve, Devin...", olento sanoi ja Devin menetti autonsa hallinnan tyystin. Auto lensi katolleen ojaan. Dirswyyris jäi hänen luokseen. Sen käsi irtosi, mutta palasi takaisin paikoilleen, kuin ei olisi ikinä edes irronnut.

"Mikä piru olet? Katso mitä sait aikaan!", Devin sanoi kömpiessään ulos autosta. Hänen otsastaan valui verta ja oikea jalka oli murtunut. Hän ei päässyt enää seisaalle.

"Olen Dirswyyris, eikä ollut tarkoitus säikyttää. Älä huoli autosta, asia voidaan korjata. Tiedän, että olit menossa ystäväsi Oliverin luokse, enkä voinut sallia sitä."

"Oletko joku helvetin demoni, Hellraiseri? Missä on Pinhead?"

"En. Tiedän, että puhut teidän ihmisten tekemistä elokuvista. Ei helvetissä asusta mitään tyyppejä, joilla on nauloja pää täynnä. Ne ovat itseasiassa aika typerää roskaa, joita nimitätte kauhuelokuviksi. Olen toivomusmestari ja toteutan kolme toivomustasi, toivo ihan mitä vain."

"Selvästi olet vapaa, kun täällä meidän maailmassamme liikut, Dirswyyris. Mutta minun jalkani on tosi kipeä, se taisi murtua."

"Toivo kipu pois."

"Huomaan, että yrität saada minut toivomaan typerästi. Mutta hyvä on, toivon, ettei tätä onnettomuutta..."

"Jatka."

"En olekaan valmis toivomaan."

”Et voi perua toivomustasi tuolla tavalla, saatan rankaista sinua.” Niinpä Dirswyyris väänsi Devinin oikean käden poikki, että luu napsahti.

”Au! Voi jumalauta, että sattuu!”

”Toivo, typerys!”, se örisi. Devin ei pystynyt enää liikkumaan. Dirswyyris alkoi käydä kärsimättömämmäksi kuin aikaisemmin.

”Mitä olet tehnyt Oliverille? Kerro se, niin toivon.”

”No tiedätkin, minne hänet on laitettu. En ole tehnyt mitään, hänen omat toivomuksensa johtivat tähän. Kun hän päätti toivoa, että minäkin saan toivoa itse, niin käytin luonnollisesti tilaisuutta hyväkseni.”

”Jos olet vapaa, miksi toimit yhä toivomusten kautta? Onnettomuuteni ei ollut kenenkään toivomus.”

”Itseasiassa apulaisseriffi Xander Dunn toivoi, ettet pääsisi Oliverin luokse. Kerroin hänelle, että luultavasti saattaisit yrittää vapauttaa hänet. Et voi pilata hupiani hänen kanssaan nyt. Hänen toinen toivomuksensa oli se, että päästäisin hänet menemään.”

”Mitä oikein teit hänelle?”

”Hän ajautui hirttosilmukkaan ja kuristui. Toki minä vähän avitin. Se luonnollisesti näyttää itsemurhalta.”

”Miten jos toivoo, että päästät menemään, niin voi silti päästä hengestään?”

”Koska minä olen kuoleman Djinni. Näyttää siltä, että sinäkin kuolet, ellet keksi toivomustasi juuri nyt.”

”Toivon, että pääsen heti samaan huoneeseen, jossa Oliveriä pidetään.”

”Toteutuu.”

Charles Baxter tuijotti ihmeissään valvontahuoneen yhtä näyttöä, joka kuvasi Oliverin huonetta. Sinne oli saapunut toinen ihminen verisenä kuin tyhjästä.

"Mitä pirua tuolla tapahtuu, Charles?", hoitaja kysyi.

"En tiedä, seurataan mitä tapahtuu. Ei mennä sinne vielä", Charles vastasi.

Säikähdin loukkaantunutta ystävääni Devin Kingiä, joka oli juuri mystisesti ilmestynyt huoneeseeni. Hän sotki valkoisen lattian verellään. Myös Dirswyyris oli täällä kanssamme.

"Terve, Oliver, ystäväsi halusi nähdä sinut. Homman nimihän on se, että hän vuotaa kuiviin, jollet esitä seuraavaa toivomustasi pikaisesti."

"Älä tee sitä, Oliver. Anna minun kuolla."

"Minä toivon, että kaikki voivat nähdä sinut, Dirswyyris!", esitin toivomukseni.

"Kirottua! No kukaan ei voi estää minua lähtemästä", Dirswyyris sanoi.

"Toivon, ettet kykene kulkemaan seinien läpi enää", Devin toivoi.

Herra Baxter ei voinut uskoa silmiään, hän näki huoneessa kolmannenkin henkilön. Se oli pelottava näky. Hän ei pystynyt liikkumaan. Kaaputyyppi tuijotti suoraan kameraan ihan kuin se olisi nähnyt hänet.

"Charles?", hoitaja kysyi kauhistunut ilme kasvoillaan.

"Tuo ei ole ihminen, menkää ajamaan se pois minun parantolastani!"

"Haen käsiaseen", vastasi hoitaja.

Pian huoneeni ovi aukesi ja sisään ryntäsi mies kantaen Desert Eagle-käsiasetta. Tunsin hyvin tuon tehokkaan pistoolin.

"Seis jokainen! En ymmärrä miten pääsitte tänne, mutta toivon, että te olette kaikki liikkumatta."

"Älä toivo, varo!", sanoin hänelle liian myöhään.

"Toiveesi toteutukoon, mutta jos vaikka ampuisit itseäsi päähän." Hoitaja ei voinut hallita käsiään, jotka käänsivät Desert Eaglen kohti hänen omia kasvojaan, ihan kuin käsillä olisi ollut oma tahto. Ase laukesi. Verta roiskahti valkoisille seinille. Olin saanut pakkopaidan pois päältäni ja syöksyin aseen luokse. Ammuin sillä kohti Dirswyyrisiä neljä kertaa, joka kaatui maahan kuolleena, mutta tiesin sen vain esittävän. Heitän aseen lattialle ja tartuin Deviniin. Raahasin hänet ulos huoneesta ja suljin oven perässäni. Dirswyyris jäi sinne makaamaan. Kohta se varmasti toipuisi ja olisi kimpussamme tuota pikaa. Ovi luultavasti pidättelisi sitä riittävän pitkään. Hoidin Devin haavoja parhaani mukaan, ettei hän vuotanut kuiviin.

"Et osaa paikata minua, Oliver, pakene täältä niin kuin olisi jo!"

"En voi jättää sinua, kamu." Parantolan henkilökunta lähestyi meitä.

"Olette saarrettuja, älkää tehkö mitään typerää!", joku huusi.

"Älkää tulko yhtään lähemmäksi, hei!", huusin kolmelle työntekijälle, jotka lähestyivät meitä aseistautuneina. Heillä oli pamput, joilla voisi antaa sähkösokkihoitoa, joka voi lamaannuttaa kenet tahansa. He olivat muutaman kerran käyttäneet niitä minuun, eikä se ollut mikään kiva muisto.

"Mitä huoneessanne oikein tapahtui, Oliver?"

"Siellä on demoni. Auttakaa tätä miestä, hän ei ole tehnyt kellckään mitään pahaa. Joko uskotte, etten ole hullu?"

"Kukaan ei voi päästä potilaiden huoneisiin käyttämättä ovea, varsinkaan valkoiseen huoneeseen! Ette selvästikään ole hullu", toinen hoitaja nimeltään Andre totesi.

"Mitä ikinä teettekin, älkää vain päästäkö sitä vapaaksi. Se on nyt ansassa. Katsokaa vaikka valvontakamerasta, niin näette sen. Se on tullut toisesta ulottuvuudesta ja minä vapautin sen, jota kadun", sanoin.

"Sinä toit sen pirun tänne ja saat sen karkottaakin!", kuului itsensä Charles Baxterin ääni sanovan. Hoitajat hoitivat Devinin haavoja, jotka olivat aika pahoja. Hän oli ehtinyt menettää paljon verta.

"Terve, pomo, evakuoimmeko koko laitoksen?", Andre kysyi.

"Ei tarvitse, potilaiden ei tarvitse tietää koko tapauksesta. Ja ottakaa kiinni Oliver, hän ei saa mitään vapauksia. Antakaa sen toisen tyypin hoitojen olla, hän on mennyttä miestä jo. Antakaa vuotaa kuiviin. Vauhtia!"

"Mikä perkele sinua vaivaa?", kysyin ihmeissäni. Devin näytti jo vajoavan tajuttomuuteen miesten jättäessä hänen hoitonsa kesken. Pomoa oli pakko totella. Devin kuoli. Yritin hyökätä Charlesin kimppuun, mutta minut pysäytettiin.

"Charles Baxterin kimppuun ei käydä ilman seuraamuksia!", sanoi yksi hoitajista.

"Aivan niin", totesi herra Baxter.

"Annoit ystäväni vuotaa kuiviin, paskiainen! Hän on kuollut!", huusin, mutta minulle laitettiin suukapula ja toinen pakkopaita. Tuossa miehessä oli jotain outoa. Ehkä oikea Charles Baxter oli poissa ja tilalla oli djinni Dirswyyris. Olin avuton, enkä tiennyt mitä voisin tehdä.

"Viekää hänet toiseen valkoiseen huoneeseen ja lukitkaa sisään. Hän ei pääse ikinä pois täältä. Minä hoidan sen, joka on hänen entisessä huoneessaan. Tilanne on hallinnassa."

"Selvä homma, pomo", yksi hoitaja sanoi. Kaikki loput kolme hoitajaa lähtivät viemään minua uuteen koppiin helvetissä. He antoivat minulle jonkin pistoksen, joka sai tajuni lähtemään. Vaivuin tiedottomaan tilaan, enkä tiennyt olisiko paluu tietoisuuteen enää mahdollista. Tervetuloa tyhjyys ja mustuus. Kuolemako?

Charles Baxter pysähtyi valkoisen huoneen ovelle ja avasi lukitun oven, jonka takana Djinni odotti. Hän varmisti vielä, että oli yksin. Demoni ei hyökännyt ja mies polvistui tämän eteen.

"Oikein hyvä, herra Baxter. En tarvitse sinua enää, mutta ihoasi kyllä", Dirswyyris sanoi ja Baxterin ruumis suli olemattomiin siten, että pelkästään iho jäi jäljelle. Djinni puki ihon ylleen kuin vaatteet ja oli kuin ilmetty Charles Baxter. Miehen sielu oli ollut jo poissa tovin ja ainoa tehtävä, mihin Djinni miestä tarvitsi, oli oven avaaminen. Kukaan ei tietäisi mitä kammottavalle vierailijalle tapahtui. Djinni aikoi hyötyä tästä muodonmuutoksesta.

Luku 8 – Haastattelu

Heräsin viimein tiedottomasta tilasta todellisuuteen, jota en voinut hyväksyä, enkä millään uskoa todeksi. Oli kulunut varmaan viikkoja tai kuukausia, en enää kyennyt muistamaan. Taas olin tässä tilanteessa, mutta tiesin, etten ollut mielisairas. Djinni Dirswyyris oli Charles Baxter! Joku mies tuli huoneeseeni ja sanoi: "Hyvää päivää, seko." Tunnistin hänet rikostutkija Manny Mikaelssoniksi. Mitä pirua hän nyt minusta haluaisi?

"Mitä pirua minusta haluat?", kysyin.

"En mitään erityistä, halusin vain jutella demonista ja vähän muustakin. Tämähän ei erityisesti ole erityisalaani, mutta minulla on joitain kysymyksiä, joihin toivon saavani vastaukset tänään."

"Minä tiedän kaiken, olen omin silmin nähnyt jokaisen uhrin ja tiedän täsmälleen, kuinka he kuolivat, joten kysy mitä vain haluat. En ole menossa minnekään."

"Tietenkin olet nähnyt kaiken, olethan etsimämme sarjamurhaaja. Demoni on oman poikkeuksellisen rikkaan mielikuvituksesi tuotetta."

"Toivomusmestari heidät murhasi. Voin tuntea heistä jokaisen tuskat. Syyllinen minä en ole. Syyllinen on tässä samassa rakennuksessa. Djinni-demoni tappoi johtajan Charles Baxterin ja omaksui tämän ulkomuodon. Demonin ulkomuoto on kätketty sisälle. Hän murhasi ystäväni Devin Kingin täällä ja henkilökuntakin näki sen, he voivat vahvistaa, että puhun totta."

"Ystäväsi Devin King ei ole palannut kotiin, joten hän ei ole täällä käynyt. Kukaan ei voi sinua auttaa."

"Hänet tapettiin täällä silmieni edessä!"

"Se ei ole mahdollista. Vai myönnätkö murhanneesi myös hänet?"

"En. Luuletko, että murhaisin hyvän ystäväni?"

"Eihän teistä sekopäistä aina ota selvää. Sanottakoon, etten usko syyttömyyteesi, sillä kaikki olemassa olevat todisteet ovat sinua vastaan. Mutta olen silti lupautunut kuuntelemaan versiosi tapahtumista."

"Demoni toivoi minun näyttävän syylliseltä ja todisteet ovat tiessään. Jopa tapahtumia on pyyhkiytynyt pois silminnäkijöiden mielistä. En voi tietää, vaikka se on jo aloittanut maailmanlopun ja täällä minä olen hullujen huoneella, ainoa, joka ehkä voisi sen estää."

"Näitä tarinoita on kyllä kuultu liian monta. Mutta ehkä minun pitäisi muuttaa hieman lähestymistapaani."

"Jaa, eikö tämä lopukaan vielä?"

"Ehei, vastahan me alkuun pääsimme. Haluaisin vain saada tämän jutun loppuun käsiteltyä, kun kerran syyllisyytesi on näinkin varmalla pohjalla. On monta muuta rikosjuttua tutkittavana."

"Tiedän, olinhan yksityisetsivä ja sitä ennen apulaisseriffi."

"Aloitetaanpa tämä vaihe, minkä takia tänne alun perin tulin. Minun täytyy nyt kysellä mitä muistat uhreistasi ja siitä, miten he kuolivat. Enkä halua kuulla mitään demonijuttuja. Olen saanut niistä jo yliannostuksen."

"En minä viitsi alkaa valehtelemaan tapahtumista. Vaikka tiedän, kuinka he kaikki kuolivat, se ei tarkoita, että minä tapoin heidät. Sellaiset kauhuteot eivät ole ihmismielen tuotoksia. Vain demoni pystyy sellaiseen, ei ihminen. En itsekään uskonut demoneiden olemassaoloon ennen tätä. Näyttää siltä, että ainoat todisteeni ovat sanani, eivätkä ne merkitse helvettiäkään teikäläisille! Ei ole pienintäkään mahdollisuutta, että minä kävelisin ulos tuosta ovesta vapaana miehenä."

"Ei tässä elämässä, herra Oliver. Sinä et vapaudu koskaan näillä todisteilla, mitä meillä on sinua vastaan ja se onkin pirun pitkä lista. Syyttömyyttäsi ei tue mikään."

"No painu sitten vittuun täältä, herra rikostutkija, tuossa on ovi!"

"En lähde ennen kuin olet kertonut minulle kaiken."

"Hyvä on sitten."

"Kerro mitä tapahtui Julia Danielsille kuusi vuotta sitten. Raporttien mukaan hänet löydettiin päättömänä viemäristä New Yorkissa. Päätä ei koskaan löytynyt."

"Tuo olikin erittäin paha tapaus. Hän toivoi ruumiinsa takaisin tähän maailmaan toisesta ulottuvuudesta, mutta demoni toteutti hänen toiveensa jättämällä pään sinne. Pää on toisessa ulottuvuudessa, siksi sitä ei koskaan ole löydetty. Tämän demoni näytti minulle toivottuani näkeväni mitä uhreille tapahtui."

"Okei, entäpä Hank Howard? Hänet löysimme kädettömänä."

"Hän halusi vääntää kättä demonin kanssa, niinpä kädet jäivät sinne samaiseen toiseen ulottuvuuteen."

"Aivan, mielenkiintoista."

"Montako vielä?"

"Kaikki loput yhdeksänkymmentäkahdeksan. Yhä on seitsemänkymmentä kadoksissa, joista haluaisimme sinun kertovan lisää, olethan itse murhaaja. Vai onko muisti mennyt?"

"Ei muistissani ole mitään vikaa. Useimmat noista ruumiista löydätte ihan sieltä lähistöltä, missä he ovat asuneet. Sen voin sanoa, että he niin sanotut 'uhrini' ovat kaikki kuolleet. Olen itse niitä harvoja, jotka pääsimme pois toisesta ulottuvuudesta tai ehkäpä olen jopa ainoa. Olisi pitänyt toivoa demonin tuhoutuvan, kun se oli vielä mahdollista."

"Sinä se vain jaksat höpistä siitä vitun demonista ja toisesta ulottuvuudesta!" Kerroin hänelle vielä kuinka neljäkymmentäkahdeksan muuta kuolivat. Kuolemat olivat hyvin samantyyppisiä ensimmäisten kanssa, joten en kokenut tarpeelliseksi käydä niitä kaikkia läpi. Toivoisin todella, etten olisi nähnyt tätä kaikkea.

"Entä Bruce Henderson?"

"Hän toivoi demonin syövän hänet elävältä, joten mitään ei jäänyt jäljelle."

”Joo-o, eiköhän tämä ollut sitten tässä”, sanoi rikostutkija Manny Mikaelsson viimein kuuden tunnin haastattelun tai oikeastaan kuulustelun jälkeen. *Vihdoinkin!*

”Hän ei vaivaa sinua enää, kohta on nimittäin hänen vuoronsa toivoa”, sanoi hetkeä myöhemmin luokseni saapunut Charles Baxter.

”Just, mutta en minä välitä helvettiäkään, mitä teet hänelle.”

”Aijaa, minä kun luulin, että välität muiden ihmisten pelastamisesta. Olet kyllä ehdottomasti lempiuhrini.”

”Toivon, että tapat minut, pirun djinni.”

”Valitettavasti en voi myöntää sinulle tällaista toivomusta. En halua tappaa sinua, Oliver. Meillä on oikein hauskaa, vai mitä?”

”Painu helvettiin, saatana!”

”Selvä, mutta me tapaamme taas huomenna.” Demoni poistui iloisesti naureskellen.

”Ei! Minun on päästävä ulos täältä!” Joku tuli antamaan minulle pistoksen, joka vaivutti minut tajuttomuuteen.

Rikostutkija Manny Mikaelsson istui Charles Baxterin toimistossa. Dirswyyris oli siellä hänen kanssaan. Manny aavisti, ettei kaikki ollut kohdillaan.

”En pidä siitä, että tulit tänne kuulustelemaan Oliver Richardsonia. Sallin sen, mutta tämä oli ainoa kerta. Et saa saattaa näitä tietoja kenenkään käsiin. Oliverin tapaus on luokiteltu huippusalaiseksi.”

”Minun esitettävä tämä raportti Shadow Townin seriffille, ettekä te voi minua estää, teillä ei ole oikeutta. Huippusalainen muka, paskapuhetta moinen sanon minä! Minä lähden!” Manny nousi poistuakseen ja kiirehti ovelle, mutta ovi ei hievahdakaan.

”Älä luulekaan, että voisit lähteä tuon raporttisi kanssa täältä minnekään!”

"Mitä pirua tämä on olevinaan?", hän kysyi ja kohotti virkapistoolinsa. Hetkeäkään epäröimättä hän ampui kerran, mutta luoti pysähtyi kuin seinään Charles Baxterin nostaessa kätensä. Hän näki miehen kammottavan hymyn ja tämän silmät loistivat punaisina. Hän tyhjensi koko lippaan, mutta kaikki luodit pysähtyivät ja putosivat lattialle.

"Dirswyyris...se olet si-sinä, djinni. Tämä kaikki on siis totta. Olet varmaankin tappanut herra Baxterin. Oliver ei siis ole murhaaja, vaan se olet sinä."

"Kyllä, kaikki on täyttä totta. Mutta minä en ole käytännössä murhaaja. Toivomukset tappoivat nämä yli sata ihmistä. Charles Baxter oli numero satayksi ja sinä tulet luultavasti olemaan uhri numero satakaksi. Oliver on ainoa, joka on selvinnyt hengissä, enkä haluakaan hänen kuolevan."

"Tapatko minut, djinni?"

"En päästä sinua niin helpolla, Manny. Saat esittää kolme toivomusta, niin kuin kaikki muutkin. Emme ole toisessa ulottuvuudessa enää, mutta en luovu periaatteestani pysyä toivomusmestarina. Olen kuoleman djinni, eivätkä uhrini yleensä voi välttyä kuolemalta. Mietit varmaankin, että mitä järkeä on edes toivoa, jos ei selviydy hengissä."

"En minä halua toivoa."

"Pakko, muuten et pääse täältä ikinä pois. Kukaan ei avaa tuota ovea sinulle. Toivo, niin katsotaan mihin pystyt. Oliver oli ovela toivoessaan, mutta nähkäämme, onko sinusta samaan."

"Olet vapaa ulottuvuudestasi sohvan sisällä, niin miksi olet täällä Charles Baxteriksi naamioituneena?"

"En ole kiinnostunut kysymyksistäsi, vaan ainoastaan toivomuksistasi. Lopeta typerät kysymyksesi. Saat miettiä varttitunnin ensimmäistä toivomustasi ja palaan sitten", Djinni sanoi ja poistui huoneesta. Varttitunti kului hyvin nopeasti ja Djinni palasi huoneeseen. Manny Mikaelsson oli ihan paniikissa, eikä tiennyt mitä tekisi.

”Aikasi on lopussa, Manny.”

”Toivon, että Oliver todetaan syyttömäksi kaikkiin murhiin.”

”Se kyllä järjestyy, vaikka olisin mielelläni pitänyt hänet täällä. Mistä moinen mielen muutos? Pidit Oliveria syyllisenä kaiken aikaa. Toiveesi oli aivan turha, eikä se hyödyttänyt sinua ollenkaan. Jäljellä on enää kaksi toivomusta, joiden jälkeen pelisi on pelattu. Mietihän tarkkaan seuraavaa siirtoasi.”

”Toivon, että Oliver ratkaisee tämän mysteerin.”

”Taas tuhlasit yhden toiveen, haluatko sinä oikeasti kuolla tänään?”

”Kuolen mielelläni, kunhan vain pääsemme sinusta eroon, demoni.”

”On viimeisen toivomuksesi aika. Sen jälkeen syön sinut, jos et toivo jotain, josta on sinulle hyötyä. Et enää voi auttaa Oliveria. Autatko häntä vai itseäsi? Tee valintasi.”

”En toivo mitään itselleni, ei se mitään enää hyödyttäisi.”

”Mutta sinun on esitettävä viimeinen toivomuksesi, Manny. Heti!”

”Toivon, että Oliver Richardson saa palata siihen hetkeen, jolloin Steven Anderson myi punaisen sohvan Smithin pariskunnalle, Melindalle ja Markille. Annan tämän mahdollisuuden hänelle. ”

”Tuo oli virhe, Manny. Sinä olet sinetöinyt kohtalosi. Tuo oli silti varsin fiksu toivomus.” Niin Charles Baxterin suu avautui niin suureksi, että pystyi ahmimaan koko miehen. Djinni söi Mannyn ja valtava suu muuttui taas normaaliksi. Mitään ei jäänyt jäljelle tuosta pätevästä rikostutkijasta, jolla olisi vielä ollut edessään kenties hyvä tulevaisuus. Hän oli vasta hieman alle keski-ikäinen.

Luku 9 – Deja vu

Löysin itseni omasta asunnostani ja yhtäkkiä olin syytön kaikista murhista. Poliisi oli löytänyt kaiken keräämäni todisteaineiston, joka oli aiemmin hävinnyt. Nähtävästi jotain oli tapahtunut, joka oli palauttanut minut ennalleen, eikä poliisi enää häiritsisi rauhaani. Muistot mielisairaalasta pyörivät yhä mielessäni, enkä ollut unohtanut niiden kadonneiden ihmisten kauhua mielestäni. Koska ne kalvoivat yhä mieltäni, en uskonut kenenkään pysäyttäneen tuota hurjaa toivomusdemonia. Joku oli toivonut minut syyttömäksi. Olinko turvassa? Ei kai sohva taas syönyt ihmisiä?

Sohva tappaa. Sohva popsii. Sohva on kirottu.

Oliko kaikki tekemäni ollut turhaa tuon hirviön pysäyttämiseksi? Olivatko kaikki kuolleita, joita yritin pelastaa? Uteliaisuuttani otin puhelimen käteeni ja soitin Melinda Smithille. Yllätyn kun siihen vastattiin: "Haloo, Melinda Smith puhelimessa. Kuka siellä?"

"Onko Mark kotona?"

"On hän, istuu tuolla sohvalla. Pyydänkö hänet puhelimeen?"

"Älä. Minkä värinen sohva teillä on? Onko se punainen? Onko se uusi?"

"Tehän outoja kyselette. Meillä on uusi punainen sohva, ei se ole mikään salaisuus. Joku hullu yritti estää meitä ostamasta sohvaa, enkä tiedä miksi. En kerro teille muuta. Lopetan puhelun."

"Se olin minä, joka halusin pelastaa teidän henkenne. Olen yksityisetsivä Oliver..."

"Minua ei kiinnosta kuka te olette! Painukaa vittuun!"

"Tulen sinne, tiedän missä asutte."

"Minä soitan poliisille!"

"Aivan sama. Jos voit tehdä yhden jutun, niin en häiritse teitä enää."

"No minkä jutun?"

"Tarkistakaa, että Mark istuu yhä sohvalla."

"Hyvä on, mutta vittuako se teille kuuluu?"

"Tee se, minä pyydän."

"Okei. Mark!" Melinda meni olohuoneeseen ja sohva oli tyhjä. Mark oli kadonnut.

"Haloo? Melinda?"

"Mark on poissa. Kuinka tiesit?"

"Koska olen jo elänyt tämän hetken kerran aikaisemmin, enkä onnistunut pelastamaan teitä. Miehesi on jo kuollut..."

"Sinä! Murhaaja!"

"En se minä ollut."

"Vaan kuka?"

"Dirswyyris. Demoni. Tarkemmin djinni. Jos olette nähnyt kauhuelokuvan Wishmaster..."

"En katso kauhuelokuvia. Puhutte varmaan Alladinin lampun hengestä, joka toteuttaa kolme toivomusta. Olette hullu, kun sanotte, että tämä on totta."

"Djinni on tavallaan lampun henki, mutta tämä on pahatahtoinen. Se on tappanut satoja ihmisiä ja se on pysäytettävä."

"En uskoisi puheitanne, mutta minun Markini on kadonnut!"

"Älä mene sohvan lähelle, minä tulen sinne."

"Minä odotan keittiössä."

"Älä vain mene sohvan luo!"

En tiennyt mitä tekisin tällä kertaa. Soitin huonekaluliikkeen Steven Andersonille ja hän vastasi: "Hyvää päivää, huonekaluliikkeen Anderson puhelimessa. Kuinka voin olla avuksi?"

"Anteeksi väärä numero", sanoin ja lopetin puhelun. Kauppias oli siis yhä elossa, joten minä tappaisin sen kusipään itse! Kuinka oli mahdollista, että sain elää saman uudelleen? Se tarkoitti, että tulisin joutumaan mielisairaalaan jälleen. Voisinko minä muuttaa tapahtumia vai olinko helvetissä? En voinut tietää mikä oli enää todellista, mikä ei. Näinkö unta? En, sillä nipistäessäni itseäni tunsin sen aiheuttavan kivun. Olin hereillä. Hyppäsin autoon muistaessani Melindan, joka odotti minua ja ajoin lujaa.

Saavuin varttia myöhemmin hänen luokseen, onneksi hän ei ollut mennyt sohvan lähelle ja oli yhä kotona. Ilta oli pian muuttumassa yöksi.

"Oliver, minua pelottaa, mieheni on kadonnut."

"En haluaisi sanoa tätä, mutta miehesi on jo kuollut."

"Voi vittu, sinä murhaaja!"

"En minä, vaan..."

"Tiedän, Dirs...mikä helvetti? Lampun henki tai siis sohvan henki."

"Dirswyyris."

"Mitä se sitten haluaa?"

"Vapautua sohvasta ja nauttia kuinka me kuolemme."

"Voinko toivoa mieheni takaisin?"

"Et, sillä hän palaa zombina ja syö sinut."

"Minua oikeasti pelottaa. En tahdo kuolla."

"Voi tyttökulta, en anna sinulle tapahtua mitään."

"Kuinka vältämme kuolemani, Oliver?"

"Ensinnäkään meidän ei tule joutua sohvan syömiksi, mikä tarkoittaa siirtymistä toiseen ulottuvuuteen. Me viemme sohvan ulos ja poltamme sen. Pian sen jälkeen sohva muuttuu kuin uudeksi ja huonekaluliikkeen herra Anderson tulee hakemaan sen."

"Miksi hän tulee hakemaan sohvan?"

"Myydäkseen sen taas eteenpäin ja lisää ihmisiä kuolee."

"Mikä oikea kusipää!"

"Pysäytetään hänet, tuletko mukaan?"

"Totta kai minä tulen. Menetinhän just mieheni hänen takiaan."

Seurasimme yön turvin pakettiautoa, joka oli juuri noutanut sohvan, jonka poltimme, ettenkö sanoisi toistamiseen. Deja vu.

Saavuimme huonekaluliikkeeseen ja osoitin yllättynyttä kauppiasta pistoolilla.

"Seis tai ammun, Anderson!"

"Mitä oikein luulette tekevänne?"

"Minä tapan sinut!", huusin ja ammuin miestä päähän muistaessani siskoni tuskan.

"Ammuit hänet! Miksi teit sen?"

"Se oli hän, joka syötti meidät sohvalle ja sinä kuolit. Koska tapoin hänet nyt, vältämme tämän kuolemaasi johtavan tapahtumasarjan joutumatta esittämään toivomuksia."

"Varsin fiksua, mutta kuinka olet nähnyt kaiken ennalta?"

"En oikein osaa selittää, miksi saan toisen tilaisuuden Dirswyyrisin pysäyttämiseen. Minähän päädyin mielisairaalaan ilman uusia toivomuksia. Vihaan toivomista, ja varsinkin kun toivomusdemoni vääristää toiveet johtamaan kuolemaasi, jollet ole varovainen. Jostain syystä se jätti minut eloon, vaikka tappoi sata muuta näiden omilla toivomuksilla."

"Aina voimme toivoa mieheni takaisin, vai kuinka? Minä kaipaan Markia."

"Se ei ole mitään helppoa. Minun pitäisi tietää, millä tavoin saisin hänet palaamaan samana omana itsenään, eikä zombina."

"No sitten se ei ole mahdollista. Tärkeintä on kuitenkin se, että voisimme pysäyttää sen."

Dirswyyris tappaa. Dirswyyris popsii. Dirswyyris on kirottu.

Luku 10 – Huonekaluliikkeen yllätys

Olin lukinnut itseni ja Melindan huonekaluliikkeeseen ja poliisi oli tullut pidättämään meitä Steven Andersonin murhasta. Djinni ei ollut täällä kanssamme, enkä voinut esittää siksi toivomuksia. Pysyimme kymmenen metrin etäisyydellä tuosta vanhasta punaisesta sohvasta. *Sohva popsii.*

"Tulkaa ulos, olette pidätetty, herra Oliver Richardson!", apulaisseriffi Xander Dunn huusi kovaääniseen.

"Tästä ei ole pakotietä, Oliver."

"Tiedän, sinun pitäisi piiloutua, Melinda, heidän tarvitsee pidättää vain minut."

"Mutta minne? Täällä ei ole niin hyvää piiloa, etteivät kytät minua löytäisi."

"Mene sohvalle, emme voi sitä välttää. Emme voi toivoa mitään ilman toivomusmestaria."

"Oletko sinä tullut hulluksi? Eikö meidän pitänyt pitää se vangittuna omaan ulottuvuuteensa? Miksi haluat minut demonin luokse?"

"Mene vain sohvalle. Esität sille toivomuksen, että haluat hänet, sinut ja minut ulos sohvan sisältä. Mutta jos jokin menee pieleen, älä toivo sitä ulos. Minä tulen auttamaan sinua, jos ehdin sinne ennen toista toivomustasi. Älä toivo miestäsi takaisin tässä vaiheessa, minä lupaan auttaa siinä sinua myöhemmin. Luotatko minuun, Melinda?"

"Kyllä minä sinuun luotan, en minä voi muutakaan. Tulet sitten heti perässäni, lupaatko?"

"Tulen heti perässäsi, enkeli. En jätä sinua yksin. Älä pelkää sitä, vaikka se on pelottava pirulainen. Pysy vahvana. Muista, että se ei voi tehdä sinulle mitään pahaa, jos vain toivot fiksusti. Se toki syö sinut, jos et esitä toivomustasi ajoissa. Poliisit pääsevät pian sisään, mene äkkiä." Melinda meni sohvan luokse ja hetken kuluttua nainen oli jo kadonnut. Nyt minä menin vuorostani istumaan sohvalle, joka "popsi" minut juuri ennen kuin poliisit murtautuivat sisään.

”Minne helvettiin se nyt meni? Ettekö löydä sitä?”, apulaisseriffi Dunn kyseli miehiltään viiden minuutin etsintöjen päätteeksi.

”Ei täällä ole ketään, vain tuo hemmetin vanha punainen sohva.”

”Eivät sohvat niele ihmisiä”, Dunn totesi ja oli vähällä nauraa.

”Eivät tietenkään, tunnenpa itseni tyhmäksi.”

”Älä nyt, Raymond, ei se sinun syysi ole, että kadotimme hänet. Saamme hänet kiinni huomenna, lähdetään kotiin”, Xander totesi.

”Ei, minä jään vielä tänne”, Raymond lisäsi.

”Hyvä on, Raymond, saat yhden tunnin.” Seriffin toimiston avuksi saapunut poliisi Raymond tutki vielä huonekaluliikkeen yksinään ja istahti uupuneena kutsuvalle punaiselle sohvalle.

Sohva tappaa. Sohva popsii. Sohva on kirottu.

”Melinda, on ensimmäisen toivomuksesi aika. Jos et toivo pian...”

”...syöt minut, tiedän.”

”Mutta kuka siitä sinulle on kertonut?”

”Oliver.”

”Tarkoitatko miestä, joka tuli tänne sinun jälkeesi? Kerron vain yhden asian nyt heti, toivomuksesi jälkeen on hänen vuoronsa toivoa.”

”Mitä? Eikö mulla olekaan kolmea toivomusta?”

”On toki, vuorottelette vain.”

”Terve taas, Dirswyyris”, minä sanoin saapuessani.

”Tiedät siis nimeni, se on hyvin harvinaista. Et saa toivoa ennen kuin tämä nainen on esittänyt ensimmäisen toivomuksensa.”

”Tiedän varsin hyvin, miten tämä homma toimii, olenhan ollut täällä ennenkin.”

”Se ei ole mahdollista.”

”Joku on toivonut minut ajassa taaksepäin.”

”Se kyllä voi olla totta, en vain muista sellaista koskaan tapahtuneen.”

”Et siis tiedä mitä olen toivonut viimeksi? Tai kuka on toivonut minut ajassa taaksepäin?” En paljastanut Dirswyyrisille tietäväni kuka luultavasti oli ollut toivomuksen esittäjä. Luulisin, että sen toivomuksen keksi se rikostutkija Manny Mikaelsson. Djinni-demoni ei voinut tietää mikä oli sille vasta tulevaa. Se kaikki aiemmin kokemani olisi tulevaisuutta ja jos en kertoisi sille ihan kaikkea, saattaisin hyötyä siitä vielä jollain tavoin.

”En voi tietää tulevia tapahtumia. Mutta nyt Melindan pitää esittää toivomuksensa.”

”Toivon, ettei kukaan pysty vahingoittamaan minua ja Oliveria toivomustemme aikana kuolettavasti.”

”Oikein hyvä, oikein hyvä, tällaisista haasteista minä tykkään. Ja on tullut Oliverin ensimmäisen toivomuksen vuoro.”

”Minä en toivo ennen kuin olen varma, että Melinda on turvassa sinulta, Dirswyyris.”

”En voikaan tehdä hänelle mitään pahaa ennen kuin olette esittäneet viimeiset toivomuksenne. Eli toivo jo, että pääsemme eteenpäin, Oliver.”

”Minä toivon, että...”, olin sanomassa, mutta joku uusi saapui luoksemme, hän oli poliisin univormussa.

”Mitä vittua täällä tapahtuu? Mikä tämä paikka on?”, kyseli Raymond.

”Olet saapunut Djinnestaniin, helvetin esikartanoon. Minun nimeni on Dirswyyris. Olen Jumalasi. Olen Saatanasi. Olen kuolemasi...”

”Pää kiinni, kummajainen! Olette kaikki pidätettyjä!”, Raymond huusi ja otti pistoolin käteensä.

”Et voi pidättää ketään”, Dirswyyris sanoi ja käsiraudat muuttuivat tuhkaksi.

”Mitä helvetin noituutta tämä on?”

”Sinunkin on esitettävä toivomuksesi Oliverin jälkeen, kuka oletkin.”

”Olen Raymond. Se on siis totta, kaikki ne höpinät demonista?”

”Kyllä, katso minun kasvojani, niin näet itse”, Djinni sanoi ja paljasti kasvonsa poliisille huppunsa varjoista. Raymond säpsähti, mutta ei lakannut tähtäämästä sitä aseellaan. Poliisi ampui, mutta luodit pysähtyivät ilmaan ja tippuivat lattialle. Pistooli suli Raymondin käsiin.

”Et voi tappaa minua ampumalla, Raymond. Vain toivomuksella pystyt satuttamaan minua.”

”Se on toivomusmestari”, minä kerroin.

”Tiedän sen kehnon leffan, Wishmasterin. En minä tyhmä ole.”

”Tämä on ennemminkin Hellraiser”, Melinda totesi.

”Ei suinkaan, en kiduta täällä ketään, jos ette toivo sitä. Sinä Raymond suljet suusi, kunnes Oliver on toivonut.” Raymondin suu katosi kokonaan, eikä hän voinut enää puhua.

”Toivon, että Melinda pääsee täältä pois.”

”Ei onnistu vielä. Säännöt sanovat, että Raymondin pitää toivoa, sitten Melindan, sinun, Raymondin, Melindan, sinun ja Raymondin.”

”Kumma kun et kertonut näistä säännöistä aikaisemmin”, minä sanoin.

”Toivon, että saan pidätettyä Oliverin nyt heti!” Käsiraudat ilmestyivät minun käsiini.

”Ei, en tarkoittanut täällä! En vain kyennyt sisällyttämään poispääsyä yhteen toivomukseen. Anna minun harkita toivomustani uudelleen”, Raymond selitti.

”Tuo oli tyhmä toivomus, josta ei ollut mitään hyötyä!”, minä sanoin.

"Ei noin, Raymond. Olet jo esittänyt toivomuksesi, enkä voi sitä enää perua. Oma vikasi, ettet valinnut toivomustasi huolellisemmin. Melindan vuoro. Ja edellinen toivomuksesi on voimassa, etten voi vahingoittaa sinua ja sinulla on pääsy pois täältä, kun olemme valmiita, Melinda."

"Minä toivon, että sinä Dirswyyris saat esittää yhden toivomuksen liittyen Raymondiin", Melinda toivoi yllättäen, vaikka ei ollut kovin fiksua antaa kuoleman djinnille tämän omaa toivomusta. Dirswyyris ei voinut toivoa, jollei joku toivonut hänellä toivomusta. Minähän tein ensimmäisellä kerralla sen mokan, että toivoin sille kolme toivomusta. En saisi toivoa sitä vapaaksi täältä, enkä muille näkymättömäksi. Melindan toivomus yllätti minut.

"Mitä vittua sinä menit tekemään, narttu?", Raymond kysyi vihaisena.

"En vain kestä sinua, paskiainen! Olisit vain pysynyt poissa täältä, kyttä!"

"Eli minä toivon nyt, että Raymond sulaa olemattomiin", Dirswyyris sanoi ja ensimmäisenä alkoivat sulaa Raymondin kädet, sitten jalat ja lopulta pää. Mies suli kuin laavaa olisi kaadettu hänen päälleen.

"Se oli siisti lähtö kytälle, kiitti, Melinda. Minulla oli mukavaa Raymondin kanssa. Ja me molemmat halusimme eroon siitä kusipäästä."

"Murha tuo oli!", minä totesin.

"Minä en ole murhaaja, Oliver. Mutta nyt on tilannekatsauksen aika. Sinä Oliver saat esittää toivomuksesi seuraavaksi ja se on toiseksi viimeinen toivomuksesi. Valitettavasti niin kivaa kuin meillä täällä onkin, Melindan seuraava toivomus on jo viimeinen."

"Toivon, ettei viimeisellä toivomuksellani ole minkäänlaisia aikarajoituksia."

"Oikein hyvä, Oliver. Sinä et sitä kauan miettinyt."

KUOLETTAVIA TOIVOMUKSIA

"Minua alkaa oikeasti vituttaa tämä toivominen, etkö ikinä kyllästy tähän, djinni?"

"En suinkaan kyllästy. Sinä, Oliver olet varsin mielenkiintoinen tapaus. Olet siis kohdannut minut ennenkin ja olet nähtävästi ollut varsin ovela toivoja, kun vielä olet hengissä. Olet toki saattanut keksiä tämän omasta päästäsi."

"En ole! Mikset kertoisi tarinaasi minulle sitten kun kerran pidät minusta? Oletko ollut koskaan vapaa tästä paikasta?"

"Voin minä kertoa paljonkin. En ole ollut vapaa sen jälkeen, kun Azazel pisti minut tänne hoitamaan työtäni. Voi kyllä, olin minä kerran hyvätahtoinenkin, mutta koin sen todella tylsäksi jo ensimmäisten viidenkymmenen vuoden jälkeen. Pahatahtoisena olen ollut paljon tyytyväisempi."

"Luulisi sinun olevan täällä yksinäinen", Melinda sanoi.

"Olen toisinaan, kun en saa toivojia vuosiin. Viimeisen vuosisadan aikana heitä on riittänyt tyydyttävät määrät."

"Helvetin monta turhaa kuolemaa", minä totesin.

"Mutta minulla on ollut hauskaa."

"Hauskaa? Niin varmasti, oikein surkuhupaisaa. Minäkin oikein meinaan kuolla nauruun. Olet hyvin sairas, Dirswyyris", minä sanoin.

"Hyvin sairas on ihmiskunnan keksimä termi, eikä se liity minuun mitenkään. En ole sairas, vaan pahatahtoinen vain. Teidän käsityksenne mukaan kaikki demonit ovat sairaita, kun taas enkelit eivät. Minäpä kerron teille totuuden. Enkelit eivät ole mitään puhtaita pulmusia hekään. Heidänkin joukossaan on pahatahtoisia yksilöitä. Mutta minä haluan kuulla Melindan viimeisen toivomuksen."

Minä olen suurin kuoleman Djinni ja kiusaan ikuisesti ihmiskuntaa toivomusten kautta, eikä kukaan voi minua koskaan pysäyttää.

"Minä toivon, että myös Oliver pääsee täältä pois yhdessä minun kanssani", Melinda toivoi. Odotin hänen toivovan jotain muuta.

"Miksi sinä toivoit minut ulos, etkä mitään muuta?", minä kysyin.

"Koska minä tarvitsen apuasi, Oliver", oli naisen vastaus. Nytkö hän jo tykkäsi minusta?

"Hyvä on, te saatte nyt molemmat lähteä. Melinda ei ole koskaan enää vaarassa, jos vain pysyy kaukana punaisesta sohvasta. Ja Oliver, päästän sinutkin menemään, vaikka nautin seurastasi. Mitä tulee viimeiseen toivomukseesi, Oliver, siinä ei ole aikarajoitusta. Voit milloin haluat istua punaiselle sohvalle ja olet taas luonani. Jos et koskaan palaa, saan kyllä aina tänne uusia toivojia. Hyvästi."

Sekunnin kuluttua olimme jälleen huonekaluliikkeessä Melindan kanssa.

"Mennään äkkiä pois täältä, Oliver."

"Aivan niin, mutta en vain tiedä minne mennään."

"Tule minun luokseni sitten."

"Enhän minä voi, miehesi..."

"Mark on nyt poissa, sinähän voit nukkua sohvalla. En minä mitään seksiä ole vailla."

"Poliisit odottavat meitä siellä, olen siitä varma."

"Voit olla aivan oikeassa, Oliver. En ajatellutkaan tuota."

"Dirswyyris ei ole vapaa, joten olemme turvassa siltä."

"Oletko aivan varma?"

"En ole, jos se vain valehteli olevansa ulottuvuutensa vanki."

"Sittenhän tilanne ei ole muuttunut. Olen epäonnistunut pysäyttämään Dirswyyris-demonin. En tiedä kuinka teen sen."

"Älä huoli, sinulla ei ole aikarajoitusta."

"Mutta minulla on vain yksi toivomus, enkä voi tällä kertaa enää vain toivoa lisää toivomuksia. Sen on oltava täydellinen."

"Keksit sen varmasti pian ja koko painajainen on lopullisesti ohitse."

"Mielessäni on vain sellaisia toivomuksia, joissa kuolen itse. Jos se on hinta mikä minun on maksettava..."

"Ei, Oliver, en tahdo sinun kuolevan."

"Olen valmis maksamaan sen hinnan, jos se vaaditaan."

"Ei sinun tarvitse tehdä sitä."

"Kyllä teen sen, mitä sinä siitä välität mitä minulle tapahtuu?"

"Olemme kumpikin nyt osa tätä painajaista ja se on tehnyt meistä jo läheisiä. Sinä pelastit minut siltä demonilta, eikä se voi enää minua vahingoittaa. Sinä, Oliver pidit siitä huolen. Pelastit minut, vaikket tuntenut minua."

"Melinda, sinun osaltasi tämä painajainen on ohitse. Voit vapaasti lähteä ja jättää minun vastuulleni Dirswyyrisin pysäyttämisen. Haluan tehdä sen yksin."

"Ei! Minä en jätä sinua yksin!"

"Hyvä on, mutta en vain halunnut altistaa sinua vaaralle, tyttöseni."

"Ei sinun tarvitse suojella minua, toivomusmestari ei voi minua enää satuttaa. Mutta muista, Oliver, että minä haluan pysäyttää sen yhtä paljon kuin sinäkin. Meidän pitäisi tehdä jotain tuolle punaiselle sohvalle, emmehän halua sen jäävän tänne, vai?"

"Sitä ei voi tuhota, mutta tarvitsen sitä sitten viimeiseen toivomukseeni. En haluaisi muiden ihmisten mutkistavan tilannetta. Meidän täytyy piilottaa koko sohva, mutta minne?"

"Älä minulta kysy. En minä tiedä."

"Otetaan tuo pakettiauto tuolta pihalta ja sohva kyytiin."

"Eli varastamme pakettiauton."

"Kyllä. Ja mennään äkkiä, poliisit voivat olla tulossa jo."

"Tämähän muuttuu jännittäväksi, Oliver."

"En minä sitä halunnut, mutta jonkun on tämä hoidettava. Kauppias Steven Anderson oli paha mies, kun antoi sohvan popsia viattomia ihmisiä."

”Hyväksyn, että Mark on poissa, mutta en halua sinunkin kuolevan. Me teemme mitä vain, ettei sohva päädy kenenkään käsiin, joka ei tajua sen sisältämää suunnatonta vaaraa.”

”Kytät eivät tajua tätä. He eivät usko Dirswyyrisin olemassaoloon. Melinda, se mitä me seuraavaksi teemme, voi johtaa hyvin vaaralliseen lopputulokseen. Oletko valmis siihen? Etkö haluaisi vain kävellä tiehesi?”

”Olen minä valmis. Enkä minä ole sellainen tyttö, joka kävelisi tiehensä, en ikinä. Pelkään kyllä sitä demonia, mutta jonkunhan on paha kohdattava silmästä silmään.”

”Jos kaikki menee hyvin, sinun ei tarvitse enää ikinä nähdä sitä hirviötä.”

”Sinä kyllä olet hyvä mies, Oliver, teet kaikkesi, että minä olen turvassa. En ole vielä palkinnut sinua siitä hyvästä”, Melinda sanoi ja suuteli minua suulle. Hän teki sen vielä kolmannen ja neljännenkin kerran.

”Ei nyt, tyttöseni. Meillä ei ole aikaa seksille.”

”Ehkä emme saa sitä mahdollisuutta enää toiste. Pakettiautossa, tule.” Kannoimme sohvan pakettiautoon ja kävimme makuulle sohvan viereen.

”Tässä on hyvä paikka.”

”Niin onkin”, sanoin ja aloimme suudella. Kaikki eteni mukavasti ja pian rakastelumme oli päättynyt. Melinda oli hyvin kaunis alastomana, enkä voinut olla katselematta häntä hänen maatessa hikisenä siinä vierelläni. En halunnut painostaa häntä seksiin kanssani, mutta se vain tapahtui kuin itsestään. Nautin siitä hänen kanssaan, en minä kadu tätä. Hänellä ei ollut nyt ketään muuta elämässään, eikä minullakaan ollut muita naisia. Hän oli aika nuori minuun verrattuna. Olinhan jo yli keski-ikäinen mies.

”Minä todella tarvitsin tätä, Oliver.”

”Niin kyllä kieltämättä minäkin. Minkä ikäinen sinä olet, Melinda?”

KUOLETTAVIA TOIVOMUKSIA

”Minä olen kaksikymmentäkuusi, mitä sinä siitä välität?”

”Olen vain itse neljäkymmentäkaksi, vähän vanha sinulle, tyttöseni.”

”Höpsis, et sinä mikään vanha ole.”

”En kai sitten ole vanha, mutta palataanpa takaisin todellisuuteen. Olemme rakastelleet tuon hurjan popsijasohvan vieressä, eikö se häiritse sinua?”

”Ei se voi satuttaa meitä ennen viimeistä toivomustasi, eihän?”

”Ei voi, mutta muita ihmisiä kylläkin. Lähdetään ajelulle, äläkä vain jää makaamaan tänne yksin, ehkä se popsii sinut.” Lähdimme ajamaan ja päästyämme maantielle, poliisiauto ohitti meidät. Vilkaisin peiliin, eikä se kääntynyt. Olisimme turvassa ainakin hetken.

”Ei se tullut perään” hän sanoi minulle.

”Meillä kävi tuuri.”

”Jos olisimme nukahtaneet tuonne taakse, poliisi olisi napannut meidät. Toivottavasti he kaikki eivät ole sellaisia kusipäitä kuin se Raymond oli.”

”Ehkä se tilanne vain teki hänestä sellaisen, hän pelkäsi djinniä. Tuollaisen demonin kohtaaminen voi muuttaa kenet tahansa.”

”Olin julma sille kytälle, mutta tehty mikä tehty.”

”*Et voi tuhota sohvaa, Oliver. Vaikka piilottaisit sen, joku löytää sen, vaikka kuluisi vuosia. Et voi estää minua saamasta lisää toivoja. Ja Melinda, sinun olisi todellakin kannattanut kävellä tiehesi. Kyllä, minä pystyn kuulemaan teidät ja näkemään*”, Dirswyyrisin ääni kuiskasi.

”Minäkin kuulin sen puhuvan. Sinä et ole tullut hulluksi.”

”Emme voi salata aikeitamme siltä. Tämähän käy aina vain monimutkaisemmaksi.”

”*Minä kuulen sinut, Oliver, kunnes olet esittänyt viimeisen toivomuksesi. Voisit hommata minulle uusia toivoja, sillä muuten minulla on tylsää odotella toivomustasi.*”

”Minä en anna sinulle enää uhreja, minä en toivo ikinä!” En kestäisi enää kauan tätä. Nyt se puhui jo pääni sisällä.

Seisoin Dirswyyrisin edessä surullisena ja vihaisena. Melinda Smith oli kuollut poliisien tulitukseen. Minä pääsin pakoon sohvan avulla, mutta en voinut olla turvassa djinnin luona.

”Olet viimein tullut esittämään viimeisen toivomuksesi, oikein hyvä, Oliver.”

”En minä ole saanut tarpeeksi aikaa valmistautua toivomukseeni. Jos en olisi tullut tänne, minut olisi ammuttu. Oli pakko tulla.”

”Ei tämä ole mikään piilopaikka poliiseilta. Jos et ollut valmis toivomaan, se on oma vikasi.”

”He tappoivat Melindan! Minä rakastin häntä!”

”Voithan aina toivoa hänet luoksesi, mutten voi taata millaisena hän palaa.”

”Sinä perkele! Sitten minä toivon Melindan palaavan asuntooni muuttumatta zombiksi.”

”En tiennytkään sinun olevan noin tyhmä. Pelastit naisen, jota tuskin tunnet. Sen sijaan sinä itse jäät tänne ikuisiksi ajoiksi. En tapa sinua, sillä en halua enää olla yksin. Minä rakastan sinua, Oliver. Tule rakastelemaan”, Djinni sanoi ja muuttui Melindaksi.

”Mitä vittua tämä on olevinaan?”

”Minä olen Dirswyyris, mutta olen myös Melinda halutessasi. Olet siis toivonut minut vapaaksi asuntoosi, onneksi olkoon, Oliver-kultaseni. Voi kuinka monta uutta toivojaa saan vapaasti valita, maailma on kokonaan minun leikkikenttääni.”

”Ei, ei! Näin ei voi olla! Et voi olla Melinda! En rakasta jotain noin pahaa! Ennemmin kuolen!”

”Tuo on sitä oikean sankarin puhetta, tuosta minä tykkään. Jottei hauskuus aivan täysin loppuisi, saat vielä yhden extra toivomuksen.”

”Minä haluan jo herätä.”

”Ei tämä ole mitään unta.”

”Pakkohan tämän on olla unta!”

”Sinä olet hävinnyt ja minä tuhoan sinut.”

"Mutta annoit minulle vielä yhden toivomuksen!"

"Minä valehtelin. Olenhan demoni, ei meihin ole luottamista."

"En vieläkään usko tämän todella tapahtuvan! Oletko koskaan ajatellut, miten hirveää on olla toivojan asemassa?"

"Enpä ole kokeillut. Minä oikeasti rakastan sinua, Oliver, älä unohda sitä!"

"Sinä et ole Melinda! Et voi olla hän!", minä huusin ja heräsin Melinda vierelläni.

"Mitä nyt, Oliver. Näitkö painajaista?"

"Näin, sinä olit Dirswyyris." Voi kuinka helpottunut olinkaan.

Oli kulunut kaksi viikkoa siitä, kun rakastelimme ja häivyimme. Asuimme motellissa. Poliisi etsi meitä jo lähistöllä.

Minä, Oliver Richardson olin nyt yksi Amerikan etsityimmistä henkilöistä ja Melindaa he myös etsivät. Olin ostanut meille hieman lisäaikaa, mutta kohta meidät saataisiin kiinni. Minut he luultavasti sulkisivat mielisairaalaan, jos saisivat minut kiinni hengissä. En ollut varma mitä Melindalle tapahtuisi. Punainen sohva oli yhä valkoisessa pakettiautossa, jonka maalasimme punaiseksi. Se ei ketään enää kauan huijaisi. Punainen sohva punaisessa pakettiautossa.

"Sinun kannattaisi jo toivoa, Oliver, etteivät poliisit ammu sinua."

"Ei täällä ole kyttiä." Istuimme pakettiautossa miettimässä mitä tekisimme seuraavaksi. Poliisit olivat ratsanneet motellihuoneemme ja olimme tien päällä.

"Paras kuitenkin olisi saada tuhottua tuo sohva", Melinda sanoi.

"En keksi mitään keinoa tuhota sitä."

"Oliver hyvä, pakkohan se on jotenkin onnistua."

"En minä tiedä."

"Voisithan toivoa sohvan tuhoa."

"Niin, mutta se ei tuhoaisi Dirswyyrisiä."

"Se on kyllä aivan totta." Poliisiauto ohitti levähdyspaikan, missä olimme, mutta kääntyi ympäri tehden käsijarrukäännöksen ja pillit alkoivat ulvoa. Starttasin nopeasti pakettiauton ja lähdimme pakoon juuri ajoissa. Ajoin pakoon, kunnes näin vähän matkan päässä poliisien tiensulun.

"Anna minun ajaa. Jos muistat, en voi kuolla."

"Aivan, Melinda, olin jo ihan unohtaa sen." Vaihdoimme äkkiä paikkoja. Menin itse auton lattialle. Melinda ajoi tiensulun läpi poliisien tulittaessa kovasti. Yksi luoti napsahti hänen päähänsä ja pakettiauto kaatui ojaan. Hän kuoli ja minä haavoitun lievästi. Uskoin silti yhä hänen palaavan kuolleista, sillä hänen ei pitäisi haavoittua kuolettavasti ennen viimeistä toivomustani. Mikäli ymmärsin sen oikein. Minäkin olisin voinut ottaa luodit vastaan ja palata kuolleista. Melinda ei liikkunut vieläkään poliisien tullessa sisään, hän oli yhä kuollut. He tarttuivat minuun.

"Olette pidätetty, herra Richardson. Tästä ette kyllä selviä", yksi poliiseista nimeltään Bruce Becker sanoi ja laittoi minulle käsiraudat.

"Tuo tyttö on kuollut, voi Melinda parka. Viekää ruumishuoneelle. Hänenkin kuolemansa on sinun syytäsi, Oliver", Brucen pari Sean Moore sanoi.

"Ei, minä olen syytön!", minä huusin kuin kuuroille korville.

"Murhaaja sinä olet ja sillä sipuli", Bruce lisäsi.

KUOLETTAVIA TOIVOMUKSIA

Luku 11 – Kaikkein siistein toivomus

Poliisi Bruce Becker istui yksin punaisella sohvalla polttaen tupakkaa. Hän oli tuonut sohvan poliisiasemalle ja rentoutui sillä odottaessaan kollegansa Sean Mooren paluuta ruumishuoneelta. Sean oli mennyt sinne Melindan ruumiin kanssa. Punainen sohva oli niin kutsuva, että hän halusi sen jäävän poliisiasemalleen. Oli jo keskiyö ja poliisiaseman käytävät olivat autioita. Vain pari poliisia työskenteli muutamien tietokoneiden ääressä. Kukaan ei kiinnittänyt mitään huomiota Bruce Beckeriin. Hyvin hitaasti mies alkoi vajota sohvan sisään. Hän yritti huutaa, mutta kukaan ei enää kuullut häntä. Hän saapui paikkaan, joka oli Oliver Richardsonille tullut varsin tutuksi, kuten jo hyvin tiesimme.

”Tervetuloa. Täällä pitää esittää kolme toivomusta, tai minä syön sinut”, Dirswyyris sanoi.

”Kuka piru sinä olet?” Bruce kysyi.

”Sepä hyvinkin. Olen Dirswyyris. Eikö Oliver kertonut minusta?”

”Minäkin pidin häntä hulluna, mutta sinä olet olemassa. Olin väärässä.”

”Olen minä kuullut tuon tarinan tuhat kertaa jo. Olenhan jo vanha tai siis muinainen demoni. Minusta on mukavaa tehdä ihmisistä hulluja.”

”Kuinka täältä pääsee pois?”

”Toivomalla, se on ainoa keino. Ja toivohan pian.”

”Hyvä on. Minä toivon, että vaihdat kaksi tämän jälkeen tulevaa toivomustani seitsemään toivomukseen. Siis toivon seitsemän uutta toivomusta kahden sijaan.”

”Ymmärsin sen jo alussa, se toteutuu. Saat siis esittää seitsemän toivomusta, mutta muista, minä olen nälkäinen. Kärsivällisyyteni on rajallinen.”

”Toivon, että näytät Megan Foxilta tästä eteenpäin.” Ja nyt demoni näytti ihan Megan Foxilta, ettei heti uskoisi, että siinä oli Dirswyyris.

"Ei fiksu toivomus, mutta ymmärrän sinua, Bruce." Dirswyyrisin ääni ei ollut muuttunut.

"Ei Megan Fox puhu noin."

"Voi kuules, tämä on puhtaasti vain ulkonäköön liittyvä toivomus. Kuullaanpa seuraava toivomuksesi sitten seuraavaksi."

"Toivon, että teet minusta robotin, niin kuin terminaattori." Bruce muuttui nyt robotiksi.

"Siistiä, mutta mikset toivonut tulevasi demoniksi tai Saatanaksi?"

"Ei vain huvittanut, olen Terminator-fani."

"Seuraava toivomus, Bruce."

"Toivon, ettei sohva enää syö ihmisiä."

"Nyt meni metsään, sohva ei ole koskaan syönyt ketään, se on vain matkustusväline."

"Mitä helvettiä? Luulin, että kaikki toivomukset toteutetaan."

"Ole tarkempi toivomuksen kuvauksessa."

"Toivon, että annat minulle kymmenen miehen voimat."

"Selvä. Ihme, ettet rikkauksia toivo."

"Toivon, että pihallani on violetti Ford Mustang Shelby GT500-merkkinen auto."

"Enää kolme toivomusta jäljellä."

"Toivon, että näytät jälleen itseltäsi, Dirswyyris."

"Toivomuksesi käyvät vähiin."

"Toivon itseni takaisin poliisiasemalle sinun kanssasi."

"Selvä, hyvästi Djinnestan." He seisoivat poliisiaseman käytävällä ja Sean Moore tuijotti ihmeissään demonia silmiin.

"Tämä on parini Sean Moore."

"Hauska tutustua, olen Dirswyyris." Muut poliisit olivat jo menneet koteihinsa nukkumaan.

"Mitä helvettiä tämä on olevinaan, Bruce? Sinä olet robotti! Ja sinä, seis!", Sean huusi ja kohdisti pistoolinsa demoniin. Ase laukesi, mutta se muuttui saman tien tuhkaksi.

"Sinä et pistoolia tarvitse, Sean. Sinulla on kolme toivomusta. Sinun on toivottava kerran ennen Brucen viimeistä", Dirswyyris sanoi.

"Miksen voi toivoa ennen häntä?", Bruce kysyi.

"Koska säännöt sanovat niin. Kyllä te poliiseina käsitätte mitä säännöt ovat."

"Jos toivomuksia haluat, demoni, niin täältä pesee", Sean sanoi.

"Minä olen pelkkänä korvana", demoni sanoi ja sen toinen korva muuttui jättimäiseksi jättiläisen korvaksi, piilottaen kaiken muun. Ja yhtäkkiä jättiläiskorva kutistui taas takaisin normaaliksi.

"Toivon, että sinulla on käsiraudat, demoni. Että olet pidätetty."

"Eipä onnistukaan, pieleen meni." Dirswyyris sai käsiraudat, mutta nekin muuttuivat tuhkaksi.

"Ei ole reilua!", Sean huusi.

"Kuka sanoi, että minä olen reilu? Nyt on Brucen vuoro toivoa."

"Toivon, että Oliver Richardson ratkaisee tämän koko jutun", Bruce toivoi.

"Tuo oli tyhmä toivomus, joka ei auta sinua mitenkään. Oliver ratkaisee tämän vain, jos onnistuu pakenemaan parantolasta. Tämä oli viimeinen toivomuksesi, Bruce."

"Mutta en kuollut, ei se siis ollut tyhmä toivomus", Bruce totesi.

"Saanen muistuttaa, että jäit robotiksi."

"Ja minulla on yhä kymmenen miehen voimat!", Bruce huusi ja hyökkäsi demonin kimppuun. Hän hakkasi sitä kuin DC Comicsin Cyborg konsanaan rautanyrkeillään ja heitteli sitä päin seiniä. Dirswyyris ei loukkaantunut, vaikka hän teki mitä. Se nauroi.

"Ei minua voi hengiltä hakata. Ainoastaan toivomukset voivat sen tehdä, eikä sinulla ole poloinen yhtään toivomusta jäljellä. Koska hyökkäsit kimppuuni, rangaistukseksi minä syön sinut nyt heti. Muutoin olisit saanut mennä."

"Ai kuuluuko ruokavalioosi metalli?", Bruce Becker kysyi, mutta siinä samassa hän palasi entiselleen ihmiseksi. Dirswyyrisin suureksi muuttunut kita haukkasi mieheltä pään, sitten kädet, sitten rinnan ja alaruumiin. Vain jalat jäivät jäljelle, mutta lopuksi se popsi nekin ja kita kutistui suuksi.

"Nami, olipa ystäväsi Bruce hyvänmakuista, parempaa kuin suklaa. Esitäpä toivomuksesi pian, Sean. Sinulla kävi nyt tuuri, en ole juuri nyt nälkäinen."

"No tämähän on vain pahaa unta. Siksipä minä toivon, etteivät dinosaurukset koskaan kuolleet sukupuuttoon."

"Oletko nyt aivan varma? Lukitaanko toivomuksesi?"

"Kyllä, tämähän on vain unta, niin eipä sillä ole paljon väliä." Sean oli katsonut viimeyönä elokuvan Jurassic World, siksi dinosaurukset pyörivät hänen mielessään. Hän ei ollut tuntunut tajuavat, miten paha juttu tämä toivomus olisi koko ihmiskunnalle. Ihmiset eivät kadonneet, vaan dinosaurukset vain ilmestyivät kaikkialle. Monihan osasi kuvitella, että jos dinosaurukset eivät olisi kuolleet sukupuuttoon, ihmiskuntaa ei olisi olemassakaan tai määrämme ei olisi monta miljardia. Maailma olisi hyvin erilainen jo muutamassa päivässä. He kuulivat ulkoa tömistelyä ja näkivät siellä Tyrannosaurus Rexin.

"Tämä oli se kaikista siistein toivomus, minkä olen koskaan toteuttanut. Seuraan suurella mielenkiinnolla mitä tämä tekee ihmiskunnalle. En kuvitellut, että te poliisina olitte niin tyhmä, että vaaransitte koko lajinne tulevaisuuden. Tämä ei ole unta, Sean Moore."

"Peru se, en minä halua dinosauruksia tänne."

"Jo esitettyä ja toteutettua toivomusta ei voi perua. On tullut viimeisen toivomuksesi aika."

"No voihan helvetti. Toivon, että voin syödä sinut yhdellä haukkauksella, demoni." Hänen suunsa kasvoi jättimäiseksi ja nielaisi Dirswyyrisin kokonaisena.

Kului hetki, kunnes demoni tunkeutui ulos Seanin ruumiista tämän räjähtäessä olemattomiin. Se oli tämänkin poliisin loppu.

"Tyhmä poliisi, ei tajunnut, ettei minua voi syödä. Se olen minä, joka syön." Dirswyyris jätti poliisiaseman ja lähti kävelemään pitkin katua dinosauruksista välittämättä. Hän tiesi, että ihmisiä on aina kiehtonut se, että olisivatko dinosaurukset voineet hävittää ihmiskunnan. Ehkä näin olisi saattanut käydäkin, mutta nyt se tapahtuisi. Dirswyyris voisi halutessaan perua dinosaurusten paluun maapallolle. Hän antaisi dinosaurusten tuhota ihmiset, mitäpä hän siitä välittäisi.

"Ihmiskunnan loppu tulee, jollei Oliver estä sitä. Uusia toivojia taas etsimään."

Luku 12 – Adam Wicka

Dirswyyris pysäytti nuoren naisen nimeltään Mary, jonka miehen ryhmä Velociraptoreita oli silponut kuoliaaksi viisi minuuttia aikaisemmin. Järkytyksensä vuoksi nainen oli yhä liikkumatta. Nähtyään dinosaurukset, demonin näkeminen ei enää järkyttänyt Maryä. Naisen ja demonin ympärillä oli voimakenttä, joka esti häiriöt. Se jopa jätti kaikki äänet ulkopuolella. Demonin täytyi luoda tämä voimakenttä, kun ei enää oltu sen hallitsemassa demoniulottuvuudessa. Punaisen sohvan aika oli ohitse, Dirswyyris oli vapaa.

”Kuka sinä olet? Mieheni on tapettu!”

”Minä olen Dirswyyris ja minä voin auttaa sinua.”

”Mitä ruma kerjäläisukko voi muka tehdä hyväkseni?” Demoni poisti kaapunsa hupun.

”Katso, en minä ole ihminen. Olen demoni. Minä loin tämän voimakentän. Haluan sinun esittävän kolme toivomusta. Jos haluat eroon dinosauruksista tai palauttaa miehesi eläväksi, kerro vain toiveesi minulle.”

”Täytyy kai minun uskoa taikuuteen, kun olen omin silmin nähnyt dinosaurusten ilmestyvät tyhjästä ja juttelen tässä demonin kanssa. Minä toivon, etteivät dinosaurukset koskaan ilmestyneet tänne tappamaan miestäni.”

”Selvä, olisin vain halunnut dinosaurusten jäävän.” Hänen miehensä oli yhä kuollut, mutta dinosauruksia ei näkynyt enää missään. Ne olivat poissa, mutta niiden aikaan saama tuho jäi ennalleen ja samoin ihmisuhrit. Naisen esitettyä toivomuksensa auto oli jo ehtinyt ajaa hänen miehensä heräävän ruumiin ylitse.

”Mutta mieheni on yhä kuollut!”, Mary huusi.

”Auto ajoi hänen ylitseen heti esitettyäsi toivomuksesi, valitettavasti en voi herättää häntä henkiin. Seuraava toivomuksesi voi sen tehdä.”

"Sinä huijasit, piru! Huijasit minua, että minulla on yksi toivomus vähemmän. Mikset herätä miestäni henkiin suurilla taikavoimillasi?"

"Koska minä olen paha ja tämä on hauskaa. Koska kun ihmiset esittävät toivomuksia, he kuvittelevat, että heillä on jokin suuri valta käsissään. Ilman toivomuksia tämä ei olisi hauskaa. En minä selitä enempää. Vain toivomukset voivat saada minut käyttämään taikuutta. Voimakenttää ei lasketa, sillä se estää muita häiritsemästä meitä."

"Minä toivon, että sinä räjähdät kappaleiksi." Dirswyyris räjähti pieniksi kappaleiksi. Ne pysähtyivät ja lensivät takaisin palauttaen demonin kokonaiseksi.

"Ei onnistu, tällaiset toivomukset ovat turhia. Jos haluat, että minä tuhoudun, sinun täytyy keksiä jotain paljon parempaa. Enää yksi toivomus jäljellä, Mary."

"Minä toivon, että palan kuoliaaksi." Nainen syttyi palamaan. Se oli selvä Itsemurhatoivomus. Mary ei halunnut jatkaa elämäänsä ilman miestään.

"Typerää tuhlausta, halusi vain palaa hengiltä. Minä alan kyllästyä tähän. Eivätkö ihmiset tosiaan arvosta omaa elämäänsä? Kukaan näistä ei ole sellainen kuin Oliver Richardson, hän oli paras. Hänellä on vain se yksi toivomus, tämä on niin tylsää. Ehkä pitäisi antaa hänelle lisää toivomuksia."

Heräsin sellistä, enkä onneksi ollut vielä suljetulla. En voinut tietää, oliko Melinda elossa vai kuollut. Se selviäisi minulle varmasti hyvin pian. Mieleeni tuli sen tietäjän nimi, Adam Wicka. Kerroin aiemmin Melindalle hänestä ja hänen kirjoittamastaan kirjasta, Djinnien kauhu – Dirswyyrisin tarina. Hän tiesi, että kirjasta saattaisi olla meille apua. Olisin valmis pian viimeiseen toivomukseeni ja luultavasti joutuisin uhraamaan oman henkenä. Dirswyyrisin kauhun tulisi loppua, vaikka minä joutuisin kuolemaan. Jos Melinda ei löytäisi tuota kirjaa, keinoni olisivat lopussa. Kaikki lepäisi vahvasti Melindan varassa, kuinka tämä päättyisi. Minä uskoin häneen. Dirswyyris saapui selliini. "Täällä sinä olet, Oliver. Kumma, että olet yhä täällä, dinosaurukset ovat syöneet kaikki tämän poliisiaseman poliisit."

"Mitä sinä nyt haluat, Dirswyyris?"

"Minulla on erittäin tylsää. Siksi saat vielä neljä toivomusta lisää eli yhteensä viisi. Enkä valehtele tällä kertaa."

"Miksi saan tällaista erikoiskohtelua?"

"Koska sinä olet paras toivojani vuosisatoihin. Mutta kerro toivomuksesi."

"Toivon, että Melinda Smith saa vielä kolme toivomusta."

"Hyvä on. Sinä taidat todella välittää siitä naisesta."

"Toivon, että Adam Wicka tulee nyt luokseni."

"Mitä, tietäjä Wicka? Mistä sinä tuon nimen voit tietää?"

"Mitä sillä on väliä?"

"Ei mitään väliä. Toiveesi toteutukoon." Yhtäkkiä Adam Wicka ilmestyi selliin.

"Kuka sinä olet? Kuinka pääsin tänne? Minä olen suuri tietäjä."

"Nimeni on Oliver Richardson. Adam Wicka, otaksun, vai?"

"Kyllä, se on nimeni."

"Täällä olen myös minä", Dirswyyris sanoi ilmestyessään näkyviin.

"Sinähän tapoit minut, demoni! Miten olen täällä ja elossa?"

"Olen pahoillani, että toivoin sinut tänne, Wicka", sanoin.

"Adamin pitää vuorotella kanssasi toivomusten kanssa", Djinni muistutti.

"Entä milloin Melinda saa toivoa?", kysyin.

"En löydä häntä nyt mistään, joten te saatte toivoa ensin. Adam, esitä ensimmäinen toivomuksesi." Pakko myöntää, että tässä vaiheessa aloin oikeasti kyllästyä toivomuksien esittämiseen ja niiden seurauksien mietintään. En välittänyt enää, vaikka kuolisin päästäkseni eroon Dirswyyrisistä lopullisesti.

"Aivan, saan esittää kolme toivomusta. Toivon, että poistat muistoni omasta kuolemastani", Adam esitti toivomuksensa.

"Se on tehty. Nyt on..."

"...minun vuoroni. Toivon, ettet sinä Dirswyyris voi kuulla keskusteluani Adam Wickan kanssa, jonka käymme nyt heti kahdenkymmenenviiden minuutin ajan."

"Selvä, vaikka en näe mitä hyötyä kyseisestä toivomuksesta sinulle on. Ihan vinkkinä vain sanon, että älä toivo turhaan typerästi." Dirswyyris ei voinut kuulla meitä, vai kuulisiko se sittenkin? Olihan se voimakas demoni.

"Mistä halusit puhua, Oliver?"

"Ethän kerro sille mistä puhun kanssasi?"

"En, saat siitä sanani."

"Aikomukseni on pysäyttää Dirswyyris lopullisesti ja tarvitsen siinä sinun apuasi, kirjoitithan kirjan kerran, Djinnien kauhu – Dirswyyrisin tarina."

"Kirjoitin toki. En ole mitenkään ylpeä siitä kirjasta. Olen juuri unohtanut oman kuolemani Dirswyyrisin käsissä ja toivoin, ettei minun tarvitsisi enää muistaa mitään noista kauheista tapahtumista."

"Minä muistan kaiken tuosta kamalasta kuolemastasi, enkä yhtään ihmettele miksi halusit päästä eroon sellaisesta muistosta."

"Kuinka sinä, Oliver voit tietää noin paljon kuolemastani ja djinnistä?"

"Koska minä menin toivomaan, että halusin nähdä kaikkien uhrien kohtalot. Näin niistä jokaisen heidän silmiensä kautta. Dirswyyris ei tiedä, että olen nähnyt tämän kaiken. Tyttöystäväni Melinda auttaa minua selvittämään tämän mysteerin. Olen pelannut tätä toivomuspeliä jo niin pitkään, että meistä on tullut läheisiä."

"Oletko sinä hullu? Miksi haluat kiduttaa itseäsi heidän kohtaloillaan? Ja saatat naisystäväsi turhaan vaaraan. Olisit antanut Dirswyyrisin vain olla omassa ulottuvuudessaan. Onko maailma jo kärsinyt?"

"Se käytti punaista sohvaa saadakseen toivojat luokseen ja on nyt vapaa vankilastaan. Uhreja on yli sata ja valtaosa minun eläessäni. Selvitän työkseni kaikenlaisia mysteerejä. Maailma on nyt myös kärsinyt dinosaurusten palattua maailmaan tässä ajassa."

"Sittenhän tuho on jo aivan liian suuri korjattavaksi ilman toivomusta. Emme voi tuhota demonia, ennen kuin tuo tapahtumasarja on peruttu."

"Ymmärrän, en minäkään halua nähdä sitä tuhoa. Joku oli kai toivonut, etteivät dinosaurukset kuolleet sukupuuttoon. Epäilen poliisin olleen toivoja."

"Mikä on poliisi?"

"Nykyajan lainvalvoja. Onko kirjassasi mitään, jolla demonin voi tuhota?"

"Ei ole. Kukaan ei koskaan päässyt lähellekään etsiessään keinoa tuhota Dirswyyris."

"Etkö edes sinä?"

"No yritinhän minä, sain kaikkiaan kaksikymmentäseitsemän toivomusta."

"Voi ei, aika loppuu", sanoin katsoessani Casion rannekelloani.

"Aivan. Tuskin ehdimme mitään ratkaista. Minä voin toivoa sinulle lisää toivomuksia, Oliver."

"Mutta ei sataa, en jaksa pelata tätä peliä niin kauan. Haluaisin vain tämän loppuvan."

"Hyvä on, sanotaan kahdeksan toivomusta. Kerron sen sille toivomukseni jälkeen."

"Älä ota riskiä, että menetät kykysi toivoa. Älä huoli, minä olen hyvä tässä. Tiedätkö mistä löydän kirjasi Djinnien kauhu – Dirswyyrisin tarina?"

"Sitä en voi löytää. Se on kadonnut."

"Voin toivoa sen löytymisen. Mutta jos toivoisin, että kirja sisältää djinnin tuhoamisohjeet."

"Tuo voisi kyllä toimia, kokeile sitä."

”Selvä, Adam, aikamme loppuu.”

”No niin, aika on loppunut, nyt minä kuulen taas. Mistä te puhuitte? Turha teidän on sitä salailla minulta”, djinni sanoi.

”Sinun tuhoamisestasi me vain”, vastasin.

”Arvasin. Mutta mitäpä siitä, kukaan ei sellaisessa onnistu. Nyt on Adamin vuoro toivoa.”

”Toivon dinosaurusten tänään aikaansaaman tuhon peruuntuvan”, Adam toivoi.

”Todella typerä toivomus, mutta se toteutuu. Tämä tarkoittaa, että dinosaurusten tappamat henkilöt ovat taas elossa. Poliisit ovat myös elossa, joten aikamme käy vähiin. No niin, Oliver, sinun vuorosi.”

”Toivon, että olen lukenut Adam Wickan kirjoittaman kirjan Djinnien kauhu – Dirswyyrisin tarina. En siis toivonut, että alan nyt vasta lukea sitä”, minä toivoin.

”Ymmärsin, että haluat tietää kirjan sisällön heti. Enhän olisi voinut sallia sinulle aikaa lukea sitä nyt. Valitettavasti en voi hyväksyä tällaista toivomusta.”

”Mitä helvettiä?”, kysyin.

”Se oli vitsi, tietysti toteutan sen toivomuksen.” Kylläpä minä säikähdin. Pelkäsin juuri äsken hyvän toivomuksen menneen hukkaan. Minulla oli enää yksi toivomus jäljellä.

”Adam, kuullaanpa viimeinen toivomuksesi.”

”Toivon tälle Oliverille kahdeksan uutta toivomusta ilman aikarajaa”, Adam toivoi.

”Hyvä on, Adam, mutta joudut maksamaan tästä hinnan.”

”Minkä hinnan?”, Adam kysyi.

”Että olet kuollut, Adam Wicka. Kun et ole enää olemassa tässä ajassa. En voi sallia sinun kulkea vapaana tässä ajassa. Koska olen kyllästynyt siihen, että toivotaan toisille lisää toivomuksia. Rankaisen siitä tästä eteenpäin.”

”Se sopii kyllä, ettei minua ole enää.” Adam Wicka katosi olemattomiin.

”Olemme sitten taas kaksistaan, Oliver. Jaksatko vielä toivoa?”

”En jaksaisi enää tänään toivoa.”

”Sinun on pakko toivoa mitä haluat tehdä seuraavaksi, en voi sallia sinun astua ulos tästä sellistä. Ja sitä paitsi poliisit eivät päästäisi sinua muutenkaan.”

”Toivon saavani olla kolme päivää rauhassa omassa kodissani Melinda Smithin kanssa.”

”Oikein hyvä toivomus. Sinulla on vielä kahdeksan toivomusta jäljellä ja Melindalla kolme. Sen verran voin sanoa, että sinä saat esittää ensimmäisenä toivomuksesi ja sitten on Melindan vuoro. Tämä vain, koska minä pidän sinusta. Mutta teen sen selväksi, että kolmen päivän kuluttua teidän on esitettävä kaikki toivomuksenne, vaikka aiemmin Adam toivoikin, ettei sinulla ole aikarajoitusta. Miettikää siis huolella toivomuksenne valmiiksi siihen mennessä. Minä nimittäin haluan saattaa tämän toivomuspelin päätökseen. Se on viimeinen kerta, kun Melinda Smith ja Oliver Richardson saavat toivoa.”

”Mitä sitten tapahtuu?”

”Sen piti olla ensin salaisuus, mutta olkoon menneeksi. Te kuolette molemmat. Siis jos ette onnistu tuhoamaan minua. Maailmanne muuttuu helvetiksi. Nähdään, Oliver.”

KUOLETTAVIA TOIVOMUKSIA

Luku 13 – Uusi toivomusmestari

Ajattelin nyt kertoa, mitä Adam Wickan kirja piti sisällään. Siellä oli lueteltu lukuisia muita djinnejä, eikä Dirswyyris ollut suinkaan ainoa laatuaan. Osan niistä sanottiin olevan hyvätahtoisia, joka saattoi ihan hyvin olla virheellistä tietoa. Ymmärsin nyt hyvin paljon sellaisista olennoista. Tässä pätkä ensimmäisestä luvusta:

"Djinnit ovat taikavoimaisimpia olentoja, demoneita, joiden käsissä lepäävät tuho ja pelastuminen. Useimmat niistä toimivat toivomusmestarin tehtävissä. Tyypillisesti ne tarjoavat toivojille mahdollisuuden esittää kolme toivomusta. Dirswyyris oli yksi voimakkaimmista demoneista, joita oli koskaan elänyt tunnetun ihmiskunnan historian aikana. Dirswyyris oli kuoleman djinni, joka nautti eniten kuolemaan johtavista toivomuksista, ja jos toivomus ei olisi tappava, se voisi halutessaan vääristää sitä. Hyvätahtoisella djinnillä ei ollut lupaa vääristellä toivomuksia. Kuoleman djinneillä oli liian paljon vapauksia. Toivojan piti olla erityisen ovela kohdatessaan sellaisen. En kokenut tarpeelliseksi kertoa hirveästi tästä kirjasta, kun teistä moni ei varmasti malttaisi odottaa, miten minun kävisi suuressa finaalissa kohdatessani Dirswyyrisin kolmen päivän päästä.

Heräsin viimeistä edelliseen aamuun Melinda kainalossani. Olimme rakastelleet eilen aivan liikaa, olisihan maailma pian jo muutenkin loppumassa. Olimme myös miettineet viimeisiä toivomuksiamme ja olin kirjoitellut niitä muistiin.

"Huomenta, Oliver. Joko olet päättänyt viimeiset toivomuksesi?"

"Se on hirveän vaikeaa, mutta keksin ne tänään."

"Jos et keksi, me kuolemme. Kaikki kuolevat."

"Ei sinun tarvitse kyllä muistuttaa enää siitä."

"Harmi, jos me emme voi pysäyttää sitä, kukaan ei. Vastuu on liian suuri siitä, mitä me voimme tehdä."

"Epäonnistuminen ajaa koko rotumme tuhoon. Dirswyyris on tuhottava."

"Ja sen me teemme yhdessä."

"Mutta oletko sinä varma siitä, Melinda, että haluat palata elämääsi ilman minua Markin kanssa?"

"Sehän on sinun elämäsi, enhän minä halua sinulta sitä kieltää."

"Kiitos, Oliver. Ottaisin sinut, jos en voisi saada miestäni takaisin."

"Tokihan saatan olla varsin yksinäinen sitten, mutta parempi se kuin kuolla tai nähdä maailman palavan."

"Olemme siis valmiita huomiseen?"

"Kyllä, toivomukset on nyt kirjoitettu muistiin."

Viimeinen aamumme oli käsillä ja Dirswyyris voisi ilmestyä luoksemme minä hetkenä hyvänsä. Olimme syöneet Melindan kanssa viimeisen ateriamme yhdessä tunti sitten. En ollut kertonut hänelle toivomuksestani, joka poistaisi minut hänen mielestään, että yhteinen aikamme katoaisi. Ettemme olisi koskaan tavanneetkaan. Se tuntui todella pahalta, mutta tekisin sen hänen parastaan ajatellen. Melinda rakasti yhä Markia, vaikka väittikin myös rakastavansa minua. Emme ehtineet enää jutella, kun Dirswyyris saapui luoksemme.

"No niin, on koittanut viimeisten toivomustenne aika", se sanoi.

"Olemme valmiita", Melinda totesi siihen.

"Hyvä. Oliver, sinä toivot ensimmäisenä."

"Toivon, että Steven Anderson myi punaisen sohvan minulle, eikä Melinda ja Mark Smithille." Nyt punainen sohva ilmestyi minun asuntooni.

"Oikein hyvä. Tämä siis tarkoittaa, ettei kukaan ole kuollut, eivät edes ne tyhmät poliisit. Tämä ei oikeastaan ole enää kivaa. Mutta jatketaan. Melindan vuoro."

”Toivon, että Oliver ei voi kuolla toivomustensa aikana.”

”Voin toteuttaa tämän muuten, mutta se ei ole enää voimassa viimeisessä toivomuksessa.”

”Toivon, että Melinda saa esittää kaksi viimeistä toivomustaan nyt peräkkäin”, esitin toivomukseni. Tiesin, ettei siinä ollut mitään järkeä, mutta olimme päättäneet tämänkin Melindan kanssa jo etukäteen. Finaali täytyisi olla minä vastaan Dirswyyris, ei kukaan muu.

”Tajuatko miten typerää ja turhaa oli toivoa vain eri toivomusjärjestystä?”, Dirswyyris kysyi ja murahti tyytymättömänä. Tämä oli yksi niistä kaikista tylsimmistä toivomuksia, joita se oli koskaan joutunut toteuttamaan. Se selvästi oli alkanut vihata tätä toivomuspeliä ja niin olin kyllä minäkin ja Melinda.

”Tajuan toki, Dirswyyris”, sanoin sille.

”Toivon, ettei Mark Smith juo alkoholia, eikä siksi tule väkivaltaiseksi.”

”Selvä, miehesi ei enää juovu.”

”Ja viimeisenä minä toivon palaavani kotiini unohtaen sinut, Dirswyyris ja Oliverin, anteeksi vain.”

”Periaatteessa siinä olisi kaksi toivomusta samassa, mutta koska pidän Oliverista ja sinustakin, Melinda, hyväksyn tämän. Hyvästi. Me nähdään taas pian, kun maailma loppuu.”

”Ei varmasti nähdä”, Melinda sanoi ja katosi. Hän päätyi miehensä luokse. Oliver Richardson oli nyt hänelle täysin tuntematon henkilö. He toki ihmettelevät mihin monta kuukautta oli kulunut, eikä heillä ollut käsitystä, minne heidän ostamansa punainen sohva

oli kadonnut.

Sohva ei tapa. Sohva ei popsi. Sohva ei ole kirottu.

”No niin, Oliver, kaikki avaimet ovat sinun käsissäsi, miten tämä kaikki päättyy. Esitä viimeiset kuusi toivomustasi, niin se on sitten ohitse.”

”Toivon, että unohdan Melinda Smithin olemassaolon, vaikka tuntuukin vaikealta luopua hänestä.”

”Toivon, että jokaisen uhrisi kuolema peruuntuu.”

”Ei, tämä on niin tylsää. En pidä enää sinusta, Oliver.”

”Toivon, että sinä palaat hyvätahtoiseksi, Dirswyyris.”

”Tätä toivomusta minä en voi toteuttaa, sillä en koskaan ole ollut hyvätahtoinen!”

”Voi vittujen kevät! Yritätkö sinä kusettaa minua?”

”En yritä, se on totta. Azazel nimenomaan loi minusta pahan, eikä hyvää.”

”Toivon, ettei punainen sohva koskaan ollut tie tähän ulottuvuuteen.”

”Se sopii, ketä nyt kiinnostaa joku tyhmä sohva?”

”Toivon, ettei Azazel koskaan luonut sinua, Dirswyyris.”

”Ei, ei, Oliver, tämä ei käy päinsä. Säännöt sanovat, että on vihon viimeisen toivomuksesi aika.”

”Sinun sääntösi kyllä jo tiedetään, demoni!”

”Toivo tai maailmasi palaa helvetin lieskoissa!” Minun oli pakko toivoa jotain oikeasti hullua. Ette ikinä arvaisi mitä.

”Toivon tulevani sinuksi tuhoten koko saastaisen, pahatahtoisen olemuksesi.”

”Mitä helvettiä, tätä en voi hyväksyä!”

”Hiljaa, Dirswyyris! Olet huijannut viimeisen kerran, sinun tehtäväsi oli hyväksyä kaikki toivomukset, pidit niistä tai et! Nyt sinua ei enää ole! Annan Oliverille mahdollisuuden olla sinä, se on paljon mielenkiintoisempaa näin, heh heh”, Azazelin ääni sanoi. Tunsin, kuinka kasvoni sulivat ja muutuin Dirswyyrisin näköiseksi demoniksi. En ollut enää ihminen. Mutta jos minun oli maksettava tällainen hinta Dirswyyrisin tuhosta, niin oli se, piru vieköön sen arvoista! Onneksi tämä kaikki toivominen olisi nyt historiaa, vai olisiko?

”No niin, muista, että olet nyt Dirswyyris ja Oliver Richardsonia ei enää ole.”

”Hyväksyn sen, kiitos avustasi, Azazel otaksun.”

”Kyllä, se olen minä, jota te ihmiset kutsutte nimillä Saatana, Paholainen, Lucifer Raamatussa. Voit kutsua minua myös nimellä Iblis”

”Olenko vapaa toivomusmestarin tehtävästä?”

”Valitettavasti sinä joudut jatkamaan toivomusmestarina Dirswyyrisin tavoin, kunnes minä tosin ilmoitan. Voit toimia hyvätahtoisena toivomusmestarina, siihen minä en puutu.”

”En halua sitä tehtävää itselleni! Halusin vain tuhota Dirswyyrisin keinolla millä hyvänsä!”

”Tämä on se hinta, jonka sinä joudut maksamaan. Minä lupaan, että vielä meillä tulee olemaan täällä oikein mukavaa, Oliver.”

”Ei voi olla totta!”, huusin ja heräsin omalta sängyltäni. Kaikki tapahtunut olikin ollut vain unta! Tai tapahtumat olivat peruuntuneet. Dirswyyris ei koskaan tappanut ketään, sohva ei vienyt ketään. En ymmärtänyt oliko tämä enää todellista. Voisinko luottaa enää omiin silmiini?

”Kaikki voisi olla noin, jos olisit toivonut järkevämmin, voit syyttää siitä vain itseäsi”, Azazel totesi hajottaen kuvan mielestäni, illuusion paluusta entiseen. Paluustani Oliver Richardsoniksi. Tämä helvetti olisi nyt minun tulevaisuuteni. Aina ei voisi voittaa.

”En sitten ollutkaan niin ovela, kuin luulin.”

”Päinvastoin, sinua oli kiva seurata”, Azazel sanoi tyytyväisenä.

Luku 14 – Kuusisataa vuotta myöhemmin

Kului satoja vuosia minun toimiessani toivomusmestarina Djinnestaniin vangittuna. Punainen sohva "popsi" yhä ihmisiä, tuoden heidät tänne luokseni. Azazel oli tyytyväinen sohvan tarjoamiin mahdollisuuksiin ja sen tarkoitus pysyi edelleenkin samana. Olin toiminut hyvätahtoisena djinninä, enkä ollut antanut kenenkään kuolla tänne. Nyt sain uuden toivojan luokseni, hän oli nuori tyttö, jolla oli yllään 2300-luvun futuristinen asuste.

"Hei, mikä tämä paikka on? Minä olen Emma Smith. Olen yhdentoista. Nukahdin vanhalle punaiselle sohvalle ja löysin itseni täältä."

"Tämä on helvetti ja minä olen sen hirviö, mutta en tee sinulle pahaa, Emma. Nimeni on Oliver Richardson, tai oli kauan sitten. Nyt olen Dirswyyris. Mutta saat esittää minulle kolme toivomustasi, ihan mitä vain haluat."

"Ihanko mitä vain? Se on tosi cool. Täällä meidän avaruusaluksessamme oli todella tylsää, matkustamme vuosia, ennen kuin löydämme uuden siirtokunnan, kodin itsellemme."

"Minä olen jäänne ajalta, jolloin ihmiskunta vielä haaveili tuollaisesta matkustamisesta."

"Kyllä, tarkoitat aikaa, jolloin eli kaukainen sukulaiseni."

"Mikä oli hänen nimensä?"

"Melinda Smith." Oho, tätä en todellakaan osannut odottaa.

"Minä tunsin hänet tavallaan, Emma."

"Hän ei tuntenut sinua, Dirswyyris, tarkoitan Oliver Richardson."

"Ei tietenkään, se oli toivomus, joka poisti minut ja tapahtuneet kauhut hänen mielestään. Kaduin sitä, sillä rakastin häntä. Kerro minulle ensimmäinen toivomuksesi, Emma."

"Toivon, että Calaktus-654-aluksemme saapuu nyt määränpäähän Xaz-planeetalle Franxin galaksissa." Matkaa kohteeseen oli vielä 2.3 vuotta jäljellä, mutta he olivat perillä.

"Toivon sinut kanssani takaisin alukseeni, Oliver." Me olimme Calaktus-654:n käytävällä, joka oli niin suuri, että siellä mahtuisi lentämään helposti viisi helikopteria rinnakkain äkkiseltään ajateltuna. Avaruusolennot hyökkäsivät. Niitäkin oli siis olemassa, pitihän se arvata.

"Vaikuttaa sille, että tämä Xaz-planeetta on vihamielinen."

"Mutta en minä voinut tietää, sen piti olla meille sopiva paikka."

"Toivon, että Calaktus-654 räjähtää nyt tuhoten myös hyökkääjät."

"Ei, miksi haluat kuolla, Emma?"

"Koska en halua, että elämäni koko tarkoitus on tulla tänne vain kuollakseni."

"En voi toteuttaa toivomustasi."

"Oliver, toive on pakko toteuttaa!", Azazelin ääni huusi pääni sisällä ja toivomus kävi toteen. Minä jo ehdin pitää siitä tytöstä ja nyt hän oli poissa. Joutuisin olemaan toivomusmestari ikuisesti, mutta Dirswyyrisin pahuutta minun sisälläni ei olisi. Ei tietääkseni.

Olin yhtäkkiä seuraamassa taas Markin ja Melindan sohvakauppoja, vaikka se tapahtui jo satoja vuosia sitten. Tällä kertaa en ollut fyysisenä läsnä, mutta näkisin ja kuulisin kaiken. Olin sohvan sisällä odottamassa heitä, seuraavia uhrejani. Olin Dirswyyris ja tajusin kauhukseni, että Oliver Richardsonia ei ollut olemassakaan. Olin paha kuoleman djinni. En halunnut olla paha, vaan hyvätahtoinen, kuten Aladdinin lampunhenki. Azazel pakotti minut olemaan paha vasten tahtoani. Vetäisin heidät kaikki luokseni saman tien toivomaan ilman, että sohvan tarvitsi "popsia" heitä. Oli vain illuusiota, että olin sohvan vanki. Olin vapaa vankilastani ja voisin tuoda kenet tahansa luokseni toivomaan. Pystyin siirtymään myös ajassa menneisyyteen ja tulevaisuuteen. Punaista sohvaa ei ollut enää. Melinda tuli ensimmäisenä luokseni ja kysyi: "Mikä sinä oikein olet ja mitä haluat?"

"Olen Oliver, tarkoitan Dirswyyris. Olette tämän paikan vankeja, kunnes esitätte kolme toivomusta. Mitä toivot, Melinda?" Olin ihmeissäni tästä tilanteesta, mutta joutuisin tekemään velvollisuuteni. Azazel ei ikinä päästäisi minua vapaaksi. Elämästäni oli tullut ikuista helvettiä.

Luku 15 – Uusi alku

Kului satoja vuosia. Kaikkialla avaruudessa oli hiljaista. Ihmiskunta oli kuollut jo sukupuuttoon. Uusia toivojia ei ollut enää. Minulla oli liian tylsää. Toivoin, että Azazel päästäisi minut vapaaksi tehtävästäni.

"Aikasi toivomusmestarina on ohitse. Jos et halua jäädä yksin avaruuteen, annan sinulle kolme toivomusta. Niillä voit palata maapallolle mihin aikaan vain haluat."

"Vihdoinkin, olen kyllästynyt odottamaan jo vuonna 2679." Tuostakin oli jo kulunut melkein sata vuotta. Ihmiset tuhosivat maapallon ydinaseilla jo siinä 2100-luvulla, mutta he saivat vielä uuden mahdollisuuden. Sotimiset loppuivat. Ja ihmiskunta oli lopulta tuhoutunut komeetan räjäytettyä puoli planeettaa. Siirtokunnista huolimatta 2600-luvulle tultaessa tuntematon virus oli tappanut viimeiset ihmiset. Sinänsä surullista, mutta mitä se minua edes liikuttaisi enää näin monien vuosien jälkeen? Voisin toivoa, ettei sellaista virusta olisi koskaan tullut. Uusia tappavia viruksia tulisi aina.

"Toivon, ettei Dirswyyris koskaan tullut osaksi elämääni."

"Kerro loputkin."

"Toivon, että rakastun Melinda Smithiin."

"Oikein hyvä, mutta sinun toivottava mihin aikaan haluat palata, muuten jäät tänne."

"Melinda on syntynyt 1997, joten haluan palata vuoteen 2015. Toivon, että palaan toukokuuhun 2015 Shadow Townissa." Minähän olin syntynyt jo kesällä 1981.

"Tämä oli sitten tässä, Oliver. Emme enää tapaa. Olit ihan mielenkiintoinen Dirswyyrisinä, mutta näin on parempi. Sinä et ollut tarpeeksi paha tähän tarkoitukseen."

"Olemme sentään jostain samaa mieltä", minä sanoin ja palasin omaan asuntooni Shadow Townissa, johon muutin vuonna 2007.

Minä tapailin sinä kesänä Melindan kanssa ja syksyn tullessa me rakastuimme. Suutelimme suuren puun alla auringon paistaessa komeasti. Syksyn lehtiä leijaili ympärillämme. Olimme onnellisia. Olin hieman vanha hänelle, mutta ei sillä ollut merkitystä. En halunnut kertoa hänelle Dirswyyrisistä mitään, vaikka häntä usein vaivasikin se, mitä olin mahtanut käydä läpi. Olinhan elänyt periaatteessa yli kuusisataa vuotta.

"Minä sinä mietit, Oliver-kulta? Mitä sinä salaat? Tiedät, että voit kertoa minulla kaiken, mikä mieltäsi painaa."

"Mietin vain, että onko tämä unta, että olen tässä kanssasi."

"Tämä on täyttä totta", Melinda sanoi ja yhtäkkiä edessäni seisoi Dirswyyris. Kaunis ympäristö muuttui siksi painajaismaiseksi demoniulottuvuudeksi, johon sohva oli minut aiemmin vienyt. Ei voinut olla totta!

"Ei! Älä tee tätä minulle!", huusin epätoivosta vajoten polvilleni. Suljin silmäni.

"Oliver! Herää! Mikä sinulle tuli?" Huomasin Melindan ravistelevan minua huolestuneena. Se oli hän, mutta olinko minä sekoamassa?

"Se saatanan demoni", höpisin.

"Mikä ihmeen demoni?"

"En haluaisi puhua siitä. Pitäisit minua ihan seinähulluna."

"En usko, että sinä hullu olet. Kerron nyt kun kerran aloitit."

"No hyvä on sitten." Kerroin Melindalle hänen vaihtoehtoisesta tulevaisuudestaan ja kohtaamisistamme Dirswyyrisin kanssa.

"Hurja tarina. Kunpa voisin uskoa sen kaiken. Sinun kannattaisi kirjoittaa tuosta kirja."

"Mutta en ole kirjailija. Toisaalta tuo olisi hyvä idea."

"Voin auttaa sinua siinä."

"Melinda, kaikki sinulle kertomani oli totta. Olen elänyt yli kuusisataa vuotta. Minulla ei olisi syytä keksiä tällaista tarinaa sinulle."

”Tiedät varsin hyvin, etten voi uskoa. Onko se demoni sitten poissa nyt?”

”Minä en tiedä, anna kun otan siitä selvää ja todistan sinulle.”

”Saat aikaa huomiseen.”

”Nähdään myöhemmin.” Melinda jätti minut yksin sen puun luokse ja vesisade kasteli minut. En välittänyt siitä. Olikohan tämä virhe kertoa hänelle? Hän ei poistunut mitenkään iloisena kuulemastaan.

Päätin pistäytyä Andersonin Antiikkiset Huonekalut-liikkeessä. Siellä se paskiainen oli. Ei hän tietenkään tuntisi minua. ”Päivää, kuinka voin auttaa?”, myyjä kysyi.

”Onko teillä täällä vanhaa punaista sohvaa?”

”Ei ole. Tai siis oli. Eräs nuori nainen haki sen viimeviikolla.”

”Mikä oli hänen nimensä?”

”En saa kertoa sitä.”

”Minä olen yksityisetsivä Oliver Richardson, entinen apulaisseriffi, ja tarvitsen sen nimen.”

”Muistan teidät, sekositte kadonneiden etsimisen vuoksi. Voin tämän verran auttaa. Odotas kun katson. Tässä se on, Melinda Smith.”

”No voi jumalauta!”, minä huusin ja juoksin äkkiä autolleni. Minun olisi ehdittävä hänen luokseen. Kunpa hän ei vain olisi istunut sille tänään.

Melinda näki edessään usvan keskellä pelottavan hahmon. Tämä oli se djinni, mistä Oliver oli hänelle kertonut, siitä ei voinut erehtyä. ”Tervetuloa, Melinda. Saat esittää kolme toivomusta.”

”Saanko jutella kanssasi ennen toivomista?”

”Toki, ei se ole ongelma. Kukaan ei vain yleensä juttele, vaan heillä on kiire toivomaan.”

"Poikaystäväni Oliver kertoi minulle tänään hurjan tarinan sinusta, Dirswyyris. Kuinka hän oli sinä kuusisataa vuotta."

"Hetkinen. Minun nimeni ei ole mikään Dirswyyris."

"Mitä helvettiä?"

"En ole se, josta hän kertoi. Nimeni oli Adam Wicka, ennen kuin muutuin tällaiseksi. Azazel antoi tämän tehtävän minulle Oliverin jätettyä sen. Älä huoli, en ole pahatahtoinen, kuten Dirswyyris oli. Olen elämän, enkä kuoleman djinni."

"Seis, Melinda, älä toivo!", minä huusin saapuessani haulikon kanssa. Ammuin Dirswyyriä päähän Melindan estelyistä huolimatta.

"Lopeta, se ei ole Dirswyyris!", Melinda huusi. Laskin haulikon.

"Minua ei saa ampua, siitä hyvästä menettää kaikki toivomuksensa. Annan kuitenkin anteeksi väärinkäsityksesi, Oliver. Se olen minä Adam."

"Näytät kyllä ihan Dirswyyrisiltä. Näytin kyllä minäkin ennen kesää. Ei ole oikein, että sinulla on tuo tehtävä. Elämäsi tulee olemaan liian tylsää. Minä tiedän sen omasta kokemuksestani." Selitin hänelle nopeasti kaiken kokemani tylsyyden avaruudessa ollessani. Melinda kuunteli tarkasti keskusteluamme.

"Saanko esittää ensimmäisen toivomukseni?", Melinda kysyi.

"Tämän toiveiden esittämisen täytyy loppua, olen kyllästynyt siihen", sanoin tylsistyneenä. Olinhan toteuttanut yli kymmenentuhatta toivomusta. Oli outoa palata toivojan rooliin niiden jälkeen.

"Esitä toivomuksesi, Melinda", Adam sanoi.

"Toivon, että saan kotiini niin paljon rahaa, että voin kylpeä siinä", Melinda toivoi.

"Ei, sinä hukut siihen", varoitin liian myöhään.

"Jos olisin Dirswyyris, silloin noin kävisi. Seuraava toivomus", Adam muistutti.

"Toivon, että minulla on oma kartano kummituksen kanssa."

”Älä pelleile, kulta, nämä toivomukset ovat vakava asia”, muistutin häntä.

”En laita sinne sellaista kummitusta, joka murhaa sinut.” Melinda ei näyttänyt edes uskovan, että nämä toiveet kävisivät toteen.

”Toivon, että se kummitus on tämä Dirswyyris.”

”Vähän vain lisäjännitystä, en minä halua mitään vitun Casperia sinne.” Melinda joutui jäämään paikalle, mutta ei kuullut enää mitään.

”Nyt on Oliver sinun vuorosi, annan sinulle viisi toivomusta. Siinä tapauksessa, jos haluat perua tyttöystäväsi typeriä toivomuksia.”

”Toivon, ettei hänen asuntonsa täyty rahoilla.”

”Oikein hyvä, mutta hän kyllä pettyy pahoin.”

”Toivon, että kartano tuhoutuu.”

”En voi toteuttaa toivomustasi.”

”Mitä vittua, Adam?”

”Uudet säännöt sanovat, ettei kartanoa voi tuhota, koska Dirswyyris asuu siellä.”

”Teet tämän tahallasi.”

”Totta kai, tämä on niin kivaa. Toivohan lisää, kun vielä voit.” Adam Wickan käytös muuttui pelottavan nopeasti. Ei kai vain?

”Toivon, että Melinda herää kotoaan nyt.” Melinda katosi.

”Hän on nyt kotonaan”, Adam sanoi ja pidätteli selvästi nauruaan.

”Mikä siinä on niin helvetin hauskaa?” Adam oli kyllä Dirswyyris, pakko olla.

”No kun hän on nyt siinä kartanossa Dirswyyrisin kanssa.”

”Mikä saatana sinä sitten olet?”

”No sepä hyvinkin. Se olen minä, Azazel.”

”Toivon, että kuolet!”

”Tuo oli typerää, minä olen ikuinen. Olit aiemmin paljon fiksumpi toivoja. Muista, että seuraava toivomuksesi on viimeisesi. Tulemme kaipaamaan sinua, olit paras.”

”Toivon, että tämä kaikki tapahtunut oli vain pelkkää unta.”

”Niinhän se olikin. Herätys!”

Melinda pakeni Dirswyyriä, mutta se oli kaikkialla kartanossa. Pian koko suuri olohuone muuttui suureksi suuksi, joka nielaisi naisen sisäänsä. ”Nam, maistuipa Melinda Smith syötävän hyvälle. Kun oli niin syötävän hyvännäköinen.” Minä näin sieluni silmin mitä Melindalle tapahtui ja heräsin sängyltä vanhassa tutussa mielisairaalassa. Huusin lujaa ja lopulta minulle tultiin antamaan joku piikki. Hoitajalla oli Dirswyyrin kasvot ja kaikki pimeni katsellessani niihin. Heräsin samassa paikassa taas seuraavaan aamuun. Taas, taas ja taas koitti seuraava aamu. Päivät muuttuivat viikoksi ja viikot kuukausiksi. Menin pian sekaisin viikoista ja kuukausista. Aika menetti merkityksensä.

”Terve, Oliver, kiva nähdä sinua. On pitänyt kiirettä. On ollut tuhat uutta toivojaa.”

”Sinä selvästi nautit tästä. Tapoit Melindan.”

”Ei Melindaa koskaan ollutkaan, hän oli minä.”

”Mitä vittua?”

”Loin Melindan huijatakseni sinua. Tiesin, että rakastuisit häneen. Etkö ihmetellyt miksi hän unohti miehensä kuoleman niin äkkiä? Minä olen voittanut, Oliver. Etkä sinä oikeasti ole elänyt kuuttasataa vuotta, oli pelkkää illuusiota. Emma Smith olin minä, Azazel olin myös minä. Ei siellä oikeasti ollut avaruusolioita, etkä ollut avaruudessa. Sinä et ollut minä. Ei minuksi voi tulla, se toive ei käynyt toteen, kuten ehkä luulit. Olet silti ollut ovelin toivojani koskaan.” Tämä oli kyllä aika uskomatonta, mutta en nähnyt unta. Oliko tämä näköharhaa? Miten sellainen oli ollut mahdollista, että minusta oli tuntunut kuin satoja vuosia olisi kulunut?

”Olit kyllä ovela, Dirswyyris. Minusta oikeasti tuntui, että olen elänyt satoja vuosia.”

”Sinulle minun piti olla erityisen ovela. Riippumatta siitä, että minulla on ollut hauskaa kanssasi, sinulla ei ole enää toivomuksia jäljellä. Voisin syödä sinut, mutta täällä sinun on hyvä olla, Oliver. Jätän sinut tähän valkoiseen huoneeseesi yksin. Tiedoksi vain, että punainen sohva jatkaa ihmisten 'popsimista' entiseen tapaan, etkä sinä voi sitä estää sieltä käsin."

"Joku sinut vielä tuhoaa, Dirswyyris!", huusin, mutta turhaan, djinni oli jo poistunut.

Epilogi

The Little 12.03.2027:

Shadow Townin kadonneiden mysteeriä ei ole saata ratkaistua. Tapauksien tutkiminen on lopetettu. Oliver Richarsonin siirtämisen parantolaan lopetti uudet katoamiset neljä vuotta sitten. Hän oli syyllinen. Kukaan muu ei voinut olla katoamisten tai oletetusti murhien takana. Yksikään uhri ei ole palannut takaisin tietojemme mukaan. Nyt Oliver Richardson on paennut eilen tappaen parantolamme yhden vartijan ja kaksi hoitajaa. Näyttää sille, että hän on kadonnut. Ja uusi seriffimme Duke Farrell on kuollut. Vaikka Oliver olisi syytön katoamisiin, seriffin ampuminen on hänen tekonsa.

Vuoden 2027 maaliskuussa minä tosiaan pääsin pakenemaan parantolasta. Se ei ollut helppoa. Vihdoinkin olin siinä onnistunut. Sain apua muilta potilailta, joille olin kertonut Dirswyyrisin tarinan. Pako ei ollut sujunut ongelmitta. Bobby oli kiellostani huolimatta tappanut vartijan ja kuollut sen seurauksena itsekin. Toinen kaverini Adam oli pitänyt kahta hoitajaa panttivankinaan, jotta olimme päässeet ulos. Seriffi oli ampunut vahingossa hoitajat yritettyään tappaa meidät. Minä olin kaiken lisäksi ampunut seriffin.

Yöllä me murtauduimme huonekaluliikkeeseen, jossa punaista sohvaa pidettiin. Siinä oli "ei myytävänä"-lappu. Ihan kuin se olisi odottanut minua. Olin hetken näkevinäni lapussa uuden tekstin: "Tervetuloa, Oliver."

"Eli asetummeko sohvalle samaan aikaan? Ja onko tuo varmasti se sama sohva?", Adam kyseli minulta.

"Yksi kerrallaan. Ja sama sohva tämä on siitä en voi erehtyä. Mene sinä ensin, Adam, odottelen tässä. Muistathan varmasti toivomuksesi?"

"Kyllä, osaan ne ulkoa, ei huolta." Uskoin häntä. Menin kauemmaksi hänestä ja sohvasta, nurkan taakse. Hetkeä myöhemmin Adam oli poissa. En aikonut mennä itse sohvan sisään. Menisin vasta sitten kun tietäisin Adamin epäonnistuneen.

Adam saapui Dirswyyrisin luokse, joka oli jo kaivannut kovasti uusia toivojia sinne. Neljään vuoteen kukaan ei ollut tullut ja joutunut toivomaan. Sillä oli ollut jo tylsää. Dirswyyris ei ollut vapaa sohvasta. Se sanoi ystävällisesti: "Tervetuloa, Adam."

"Tiedän kyllä, miten täällä toimitaan. Esitän vain kolme toivomusta ja olen vapaa?"

"Aivan, mutta et ole vapaa."

"Toivon, että pääset vapaaksi täältä." Dirswyyris olisi vapaa poistumaan täältä, mutta halusi kuulla Adamin loput kaksi toivomusta.

"Kiitos ja seuraava toivomus, äkkiä nyt. Olen nälkäinen."

"Toivon, ettet voi tappaa minua."

"Oikein hyvä, näistä minä tykkään. Homma säilyy mielenkiintoisena. Mutta on tullut aika viimeisen toivomuksesi."

"Toivon, että menemme nyt yhdessä seuraavan toivojan luokse, joka on Oliver Richardson."

KUOLETTAVIA TOIVOMUKSIA

"Kerrassaan mahtava toivomus. Uskomatonta, että Oliver onnistui pakenemaan mielisairaalasta. Mennään, olenkin kyllästynyt tähän vankilaani."

Adam ja Dirswyyris ilmestyivät luokseni, kuten olin halunnut tapahtuvan.

"Kas, Oliver, tämä oli iloinen yllätys. En olisi silti uskonut sinun ja ystäväsi olevan niin tyhmiä, että annoitte minulle vapauteni", Dirswyyris sanoi. Adam poistui paikalta, hän oli suorittanut oman tehtävänsä.

"Kuules, Dirswyyris, tänään tämä pelleily loppuu", minä sanoin esittämättä toivomustani vielä. Tällä kertaa minulla oli mielessäni jotain parempaa, kuin djinniksi tuleminen tai oma kuolemani.

"Ei tämä ole mitään pelleilyä. Nyt sinun on toivottava."

"Toivon, että Melinda Smith on oikea ihminen, joka asuu asunnollani."

"Selvä. Melinda on nyt asunnollasi, enkä minä ole enää hän." Näin paljon halusin Melindan olevan todellinen.

"Toivon, että luomasi Emma Smith on minun ja Melindan tytär."

"Teini-ikäinen Emma odottaa sinua asunnollasi yhdessä Melindan kanssa. En kyllä usko sinun selviytyvän hengissä viimeisestä toivomuksestasi, joka sinetöi kohtalosi. Siitä pidän huolen tällä kertaa. Haluan sinun kuolevan."

"Nyt toivon, ettet sinä, Dirswyyris voi toteuttaa ainuttakaan esitettyä toivomusta enää ikinä."

"En voi toteuttaa tätä toivomusta. Siinä se nyt meni vihon viimeinen mahdollisuutesi."

"No minun oli pakko yrittää."

"Nyt syön sinut", Dirswyyris sanoi ja söi minut. Se tuntui niin vastenmieliseltä ja todelliselta. Sitten huonekaluliike katosi, punainen sohva räjähti kappaleiksi ja Dirswyyris oli tiessään. Löysin itseni jälleen valkoisesta huoneesta. En ollut paennut. Minä en kestäisi tätä enää yhtään! Tämän olisi loputtava! Pääasia, etten ollut ampunut seriffiä. "Oliver-demoniharhailija, sait vieraan", mieshoitaja tuli kertomaan minulle.

"Ei kukaan halua minua nähdä."

"Hyvää päivää, Oliver, entinen pomosi seriffi Duke Farrell tässä päivää, ja minulla on hyviä uutisia. Uusien todisteiden myötä on käynyt selväksi, ettet ole katoamisten takana. Demonina itseään pitänyt henkilö ilmoitti olevansa syyllinen murhiin. Ja Melinda Smith odottaa sinua ulkona, olet vapaa. Syyllisen nimi on..."

"Tiedän sen kyllä varsin hyvin."

Lähdin pois parantolasta seriffin saattelemana vapaana miehenä, ja Melinda odotti minua pihalla auton luona.

"Oliver-rakas, tulehan jo pois sen masentavan rakennuksen edustalta", Melinda sanoi.

"Vihdoinkin", sanoin iloisena.

"Mitä haluat tehdä nyt?", nainen kysyi.

"Toivon, että ajat vain helvettiin täältä, Melinda."

"Toteutan toiveesi ilomielin", hän sanoi ja hänellä oli Dirswyyrisin silmät. Ei jumalauta! Mutta katsoessani uudelleen näin Melindan kauniin hymyn.

"Ei enää toivomuksia sinulle. Minä en ole Dirswyyris, jos niin luulit. Rakastan sinua ja odotan sinulle tytärtä. Hänen nimekseen tulee Emma. Halusin yllättää sinut tällä uutisella", Melinda sanoi hieroen toisella kädellään hieman aiempaa suurempaa vatsaansa. Toivomukseni saada Melinda oikeaksi henkilöksi oli käynyt toteen. Tyttärenikin syntyisi. Pääasia, että tämä oli nyt todellista, vai oliko? Halusin uskoa näin.

KUOLETTAVIA TOIVOMUKSIA

"Mutta minä Dirswyyris olen yhä vapaa", olin kuulevinani kuiskauksen, mutta en välittänyt siitä tuon taivaallista. Minusta tulisi isä. Toivomuksia en esittäisi enää ikinä, vaikka kuolisin. Ne olisivat kuolettavia toivomuksia.

Sohva popsii, mutta Dirswyyris syö.

Jatkoa seuraa, jos on seuratakseen. Suunnitelmia ei ole enää jatkaa Oliver Richardsonin tarinaa. Jos Kuolettavia Toivomuksia 2 tulee, se käsittelee uutta päähenkilöä ja mahdollisesti tutustuttaa lukijan muihinkin toivomusmestareihin kuin Dirswyyris. Niistä jokaisella on oma tapansa toteuttaa toivomuksia. Myös toivojalle sallittujen toivomusten määrä voi vaihdella paljonkin. Jatko-osa ei ole itsestäänselvyys tällä hetkellä. Jos tulee hyvä idea, sitten se täytyy toteuttaa.